Wolfgang Pauls

Tote Ratten im Kanal

Scotland Yard, Band 5

Mit Zeichnungen von
Karin Lechler

Scotland Yard

Tote Ratten im Kanal

Zwei Detektivgeschichten
mit Betty, Benny und Buck Buff
erzählt von
Wolfgang Pauls

Otto Maier Ravensburg

Inhalt

Hinweis für den Leser

Wer den Lauf der Ereignisse, wie er in den beiden Geschichten dieses Bandes geschildert wird, quer durch London »mit dem Finger auf der Landkarte« verfolgen will, der kann das Ravensburger Spiel »Scotland Yard« zur Hand nehmen. Die Codenummern, wie sie dort für alle wichtigen Plätze und Kreuzungen der Londoner City aufgeführt sind, entsprechen dem Geheimcode von Betty, Benny und Buck, der im Buch hinter entsprechenden Ortsangaben in Klammern angegeben ist. Ortsangaben außerhalb Londons sind nicht mit Codenummern versehen, weil sie auf dem Spielplan des Ravensburger »Scotland Yard«-Spiels nicht enthalten sind. Wer die entsprechenden Orte dennoch suchen will, der findet sie sicher schnell in jedem Autoatlas, der eine genaue Straßenkarte von Südengland enthält.

Scotland Yard

Who's Who?

Betty Buff: Nummer 1 der Buff-Drillinge. Computerlady mit sagenhaftem Gedächtnis für alle Codes, mit denen die Drillinge das Londoner Straßennetz überzogen haben (s. Hinweis S. 4). Betty ist die Überlegte, Kühle, Realistische unter den drei Geschwistern, wenn es um die Lösung eines Falls geht. Was sie nicht leiden kann, ist, sich unbedacht in Abenteuer zu stürzen.

Benny Buff: Nummer 2 der Buff-Drillinge. Vom Fahndungsfieber gepackt und manchmal im Eifer des Gefechts nicht aufzuhalten. Handelt meist spontan, begibt sich dadurch aber immer wieder ungewollt in Gefahr. Benny ist mutig und trägt seinen Spitznamen Tarzan zu Recht, aber Mut und sportliche Geschicklichkeit sind nicht alles. Benny ist auch eine absolute Spürnase, wenn es darum geht, einen neuen Fall zu wittern.

Buck Buff: Nummer 3 der Buff-Drillinge. Krasses Gegenteil von seinem Bruder Benny. Möchte am liebsten aussteigen, wenn es gefährlich wird. Weiß aber auch, daß ohne ihn Benny sich in noch wüstere Abenteuer stürzen würde. Zwar ist Buck in Bennys Tarzanaugen ein Schisser und Angsthase, aber in einem Punkt läßt Benny doch nichts auf Bruder Buck kommen: Niemand ist ein größerer Ausreden- und Geschichtenerfinder, und keiner hat Benny so oft aus der Patsche geholfen, wenn es mal wieder nicht angebracht war, die Wahrheit zu sagen.

Betty, Benny und Buck: (zur Begrüßung: Buff! Buff! Buff!) leben nach dem Tod ihrer Eltern bei Großmutter, alias Granny, und Onkel Mac.

Granny: Mutter eines gestreßten Inspektors bei Scotland Yard und Großmutter dreier fahndungssüchtiger Kinder. Versucht, so gut es geht, Ordnung in ihren Großfamilien-Haushalt zu bekommen. Aber wenn ihre Enkel zu lange verschollen bleiben, wittert sie Gefahr im Verzug. Dann läßt sie Ordnung Ordnung und Haushalt Haushalt sein. Um ihre Schützlinge vor der Londoner Unterwelt zu bewahren, ist ihr beinah jedes Mittel recht. Wie ein Löwe fällt sie jeden Gauner an, der ihren Enkeln ein Härchen gekrümmt haben könnte.

Onkel Mac: heißt eigentlich Kriminalinspektor Mac Macintosh und ist ein ganz großes Licht bei Scotland Yard. Er hat schon viele schwierige Fälle gelöst – manche allerdings nur dank der Fahndungshilfe seiner Neffen Benny und Buck und seiner Nichte Betty. Da Onkel Mac – was bei einem so vielbeschäftigten Inspektor nicht wundert – noch immer unverheiratet ist, lebt er bei seiner Mutter, alias Granny, wo auch die Buff-Drillinge wohnen... und gelegentlich in seinen Akten schnüffeln.

Judy: heißt mit Hausnamen Ribb und gehört eigentlich auch schon fast mit zu Grannys verrücktem Haushalt. Sie ist Onkel Macs tatkräftige Freundin, die sich immer für die Schwachen und Opfer einsetzt. Leider ist sie nicht weniger als Onkel Mac und die Buff-Drillinge am Aufspüren von Kriminalfällen interessiert. Denn sie ist mit Leib und Seele Journalistin und stets auf der Jagd nach spannenden Reportagen.

Lord Jickledy: Grannys sprechender Papagei, der leider manchmal zuviel aus der Welt der Kriminalistik aufschnappt und immer wieder Bruchstücke dieses Sprachschatzes zum besten gibt.

Kriminalassistent Baxter: Zweiter Mann im Office von Inspektor Mac Macintosh. Ist immer im rechten Moment zur Stelle und völlig vertraut mit dem komplizierten Kriminalisten-Familienclan seines Chefs.

Tote Ratten im Kanal

Eine verrückte Wette

Buck beugte sich vorsichtig über die Balkonbrüstung. Unten stand Benny und breitete die Arme aus. Es sah aus, als wollte er jeden Moment losfliegen. Doch dann winkte er mit beiden Händen: Los, komm! Spring!

Buck beugte sich ein bißchen weiter vor. So weit, daß sein Magen sich mit einem leichten Kribbeln herumzudrehen begann. Schnell stieß er sich – nach rückwärts – vom Geländer ab.

»Das sind mindestens drei Meter!«

»O Mann!« trompetete Benny. »Drei Meter! Da hüpf ich mit verbundenen Augen und gefesselten Füßen runter!«

Ich bin ja auch nicht du, dachte Buck. Wieder spürte er diese hilflose Wut auf »Bruder Tarzan«. »Laß mal, bleib ich eben drinnen!« rief er Benny zu. »Ich will sowieso noch Briefmarken sortieren.«

»Briefmarken!« Benny verzog das Gesicht, als hätte Granny ihm Zitroneneis mit Spinat und Ketchup vorgesetzt.

»Briefmarken!« Für Buck klang das wie »Feigling!« Er zuckte zusammen, zog den Kopf ein und wurde zugleich wütend: »Du wärst doch viel zu blöd zum Briefmarkensammeln!«

»Und du bist zu blöd, den Schlüsselbund ans Schlüsselbrett zu hängen! Blöder Hosenschisser!«

Zack! Benny schlug zurück! Buck wurde noch drei Millimeter kleiner. Sein Gehirn lief auf Hochtouren. Rückzug war jetzt unmöglich. Also: Flucht nach vorn! Mit Todesverachtung beugte sich Buck zu »Bruder Tarzan« hinunter.

Der breitete gleich wieder die Arme aus: »Komm, Kleiner, ich fang dich auf!«

»Kleiner!« Buck kochte vor Wut. Muskelhirni! dachte er. Großmaul! Und: Wie kann ich ihm bloß eins auswischen!

Natürlich! Der Plan, den er vorhin auf Onkel Macs Schreibtisch entdeckt hatte: »Die Kanalisation im Stadtteil Mayfair«! Das war's! Buck konnte sich noch genau an die eingezeichneten Gullis erinnern, die Onkel Mac mit einem Filzstiftkringel versehen hatte: Park Lane, Ecke Curzon Street und Grosvenor Street 67.

Jetzt grinste Buck. Er grinste so sehr, daß Benny die ausgebreiteten Arme sinken ließ. Der »Kleine«, der auf den Tag genauso alt und auf den Millimeter genauso groß war wie sein »großer Bruder«, lehnte sich noch weiter über die Brüstung. Fast hätte Benny »Vorsicht!« gerufen, »Vorsicht, du fällst!«

Doch dazu kam es nicht. Denn Buck ließ einen schier unglaublichen Spruch los: »Wenn ich will«, rief er, »wetten, dann bin ich sportlicher als du? Und schneller! Mindestens doppelt so schnell!«

Jetzt hat er den Verstand verloren, dachte Benny. »So, meinst du?« Etwas anderes fiel ihm darauf nicht ein.

»Ja, ich meine!« triumphierte Buck. »Wetten, du kommst nicht so schnell von Code 109 zur Grosvenor Street wie ich?«

Code 109! Buck hätte auch Park Lane, Ecke Curzon Street sagen können. Aber er wußte, daß Benny den Geheimcode, mit dem die Drillinge die wichtigsten Kreuzungen von London City versehen hatten, immer noch nicht auswendig kannte.

»109?« fragte Benny prompt. Buck machte innerlich einen doppelten Salto mortale rückwärts.

»Park Lane, Ecke Curzon Street«, übersetzte er gnädig.

»Und wie willst du von da aus schneller zur Grosvenor Street kommen als ich? Da ist doch'n Haken bei der Sache. Kennst du 'nen Taxifahrer, der früher Rallye gefahren ist, oder was?«

»Nee, die Sache hat 'nen anderen Haken: Wir müssen uns auf der Strecke, na, sagen wir: zwanzig Mal mindestens vier Meter weit vom Erdboden entfernen. Aber ohne Treppensteigen!«

Benny wußte nicht, wie ihm geschah. »Sag mal, Buck, bekommt dir die Luft da oben nicht? An der Park Lane wimmelt's nur so von Bäumen. Wenn ich zwanzig davon rauf und runter bin, stehst du immer noch vorm ersten und weinst.«

»Abwarten«, sagte Buck, und er wirkte dabei so cool wie James Bond persönlich.

»Und um was wetten wir?«

Buck verwandelte sich von James Bond in ein Honigkuchenpferd. »Wer verliert«, strahlte er, »muß sich verbeugen, wenn er was vom anderen will. Und dann muß er sagen: »Ich bin ja viel blöder und feiger als du, aber hör mich bitte trotzdem an!««

»Und wie oft willst du das zu mir sagen?« fragte Benny, der nun ernsthaft anfing, am Geisteszustand seines Drillingsbruders zu zweifeln.

»Na, damit du nicht zu doll leiden mußt: eine Woche!«

»Eine Woche? Was ist eine Woche? Und wieso hängst du da wie 'ne Hängepflanze vom Balkon runter?« Das war Bettys Stimme.

Die Jungen waren so mit ihrer Wette beschäftigt, daß

sie ihre Schwester nicht hatten kommen sehen. Plötzlich stand Betty hinter Benny und sah neugierig zu Buck hinauf.

»Er hat den Schlüssel verbummelt, und jetzt muß er eine Woche zu mir sagen, wie blöd und feige er ist«, klärte Benny die Schwester auf.

Betty zog den Schlüsselbund aus der Jackentasche und schloß die Haustür auf. »Tut mir leid, den Schlüssel hatte ich!«

Benny kam sich ganz schön belämmert vor. Deshalb versuchte er, schnellstens von sich abzulenken. Er ging mit Betty ins Haus und berichtete ihr mit verschwörerisch leiser Stimme von den seltsamen geistigen Verwirrungen ihres Bruders.

Betty stutzte. Buck wollte schneller sein als Benny? Da stimmte doch was nicht! Da war doch ein Trick dabei! Buck ging doch keine aussichtslose Wette ein! Verrückt! Bei dem Wettlauf mußte sie dabei sein! Aber wie?

Als Buck pfeifend vom Balkon auf den Flur spaziert kam, wußte sie es. Wie nebenbei fragte sie die streitsüchtigen Brüder: »Habt ihr eigentlich schon 'nen Schiedsrichter?«

Benny lachte los wie ein aufgezogener Lachsack. »Wozu denn das? Wenn Buck 'ne halbe Stunde nach mir eintrudelt, werden wir das ja noch selbst feststellen können!«

»Und was ist, wenn ihr gleichzeitig ankommt?«

Benny fing wieder an zu lachen. Buck grinste auch!

Doch so schnell gab Betty nicht auf. Trocken stellte sie fest: »Theoretisch ist das immerhin möglich.«

»Aber auch nur theoretisch«, wieherte Benny. »Na gut, wenn du unbedingt mit ansehen willst, wie Buck sich mal wieder blamiert – von mir aus gern!«

»Okay, Buck?« fragte Betty.

»Okay.«

»Und wann soll's losgehen?«

Buck fischte seine Armbanduhr aus der Hosentasche und machte mit einem Mal ein schrecklich ernstes Gesicht. »Ich brauch 'ne halbe Stunde.«

Benny prustete wieder los. »Er braucht 'ne halbe Stunde. Ich lach mich kaputt! Willst du noch schnell einen Anfängerkurs im Bäumeklettern mitmachen?«

Buck blieb ernst. »Ist das okay? In 'ner halben Stunde?« fragte er.

»Von mir aus jederzeit. In 'ner halben Stunde, in 'ner Stunde oder jetzt gleich«, betonte Benny.

Betty nickte nur und sah Buck in die Augen. Doch der wich ihrem Blick aus und verzog den Mund zu einem Grinsen, das keins war.

Betty spürte, wie ihr eine Gänsehaut den Rücken hochkroch. Schnell fragte sie: »Wollt ihr nicht doch was anderes wetten?«

»Na, Angst um Brüderchen Buckilein?« höhnte Benny.

Buck sagte nichts.

Bucks Supertrick

Eine halbe Stunde später stand Buck mit Schnürstiefeln und Rucksack im Flur.

Benny kriegte den nächsten Lachanfall: »Bergsteiger Buck zur Baumbesteigung bereit? Ich glaub, mein Nilpferd jodelt!«

Betty schwieg. Was hat er bloß vor? Was hat er bloß vor? fragte sie sich immerzu.

Benny schien sich nicht ernsthaft für Bucks Pläne zu interessieren. Er zog sich die Turnschuhe an, und dann trotteten die Drillinge los. Es herrschte bereits Feierabendverkehr, und die Autos krochen Stoßstange an Stoßstange durch die Craven Road.

»Code 74?« fragte Betty, die den Geheimcode vorwärts und rückwärts im Schlaf hersagen konnte.

Buck nickte. Er wirkte seltsam ruhig. Und ernst. Nur wenn Benny ihn mit seinem Rucksack aufzuziehen versuchte, lächelte er geheimnisvoll wie ein indianischer Medizinmann.

Ecke Eastbourne Terrace, kurz vor Paddington Station, reihten sich die Buff-Geschwister in die Schlange ein, die sich an der Bushaltestelle gebildet hatte. Niemand schien an Bucks Bergsteigerkluft Anstoß zu nehmen. Kein Wunder, auffällige Gestalten gibt es in London genug. Unmittelbar vor den Drillingen stand ein weißhaariger Urgroßvater. Er hatte einen riesigen grün gepunkteten Schirm aufgespannt, obwohl nicht ein Regentropfen vom gleichmäßig grauen Himmel fiel. Und ganz vorn in der Reihe wartete ein langer, dürrer Jüngling in kurzen Hosen und Gummistiefeln auf den Doppeldecker.

Der erste Bus war rettungslos überfüllt und hielt gar nicht erst an. Der zweite tauschte auf der hinteren Plattform eine füllige junge Frau gegen den Gummistiefel-Burschen aus. Und der dritte halbierte die Schlange. Betty, Benny und Buck fanden das ganz normal: Rush hour – na und?

Schließlich quetschten sie sich auf die schmale Wendeltreppe von Bus Nummer vier und ließen sich im Joggingtempo durch die Bayswaiter Road und die Park Lane schaukeln.

Während der Fahrt war Benny von dem dauernden »Sorry, darf ich mal durch!«, von dem »Aufrücken bitte!« und »Zurückbleiben!« so abgelenkt, daß er vergaß, seinen

Bruder zu necken. Und auch Betty kam kaum noch zum Grübeln.

Nur Buck checkte in Gedanken immer wieder den Inhalt seines Rucksacks und versuchte sich vorzustellen, wie die Strecke wohl aussehen mochte, die er sich für den Wettlauf ausgesucht hatte.

Park Lane, Ecke Grosvenor Street zwängte sich Betty nach draußen und trabte schnurstracks zur Grosvenor Street, Nummer 67.

Schon beim Aussteigen fing ihr Computer wieder an zu arbeiten: Wieso hat Buck sich gerade Nummer 67 ausgesucht? Betty war nicht neugierig, sie machte sich Sorgen! Denn was Benny ausgerechnet an diesem Nachmittag nicht zu merken schien, spürte sie überdeutlich: Buck hatte Angst.

Drei Minuten später war es auch für die Jungen soweit. Der Lautsprecher quäkte »Curzon Street«, und Benny murmelte »Code 109«: Er versuchte wieder mal, sich eine Ziffer einzuprägen. Gleichzeitig boxte er sich durch eine Unmenge aneinander klebender Bäuche und Rücken, knotete fremde Arme und Beine auseinander und bahnte so seinem schwer bepackten Bruder den Weg.

Doch der schien das alles nicht zu merken. Kaum waren sie auf dem Bürgersteig gelandet, gab er Benny mit dem ernstesten Bergsteigergesicht der Welt zu erkennen, daß es nun losgehe.

»Gut«, grinste Benny, »wieviel Vorsprung willst du haben?«

»Vorsprung?« fragte Buck in einem Tonfall, als hätte ihm jemand eine abgestandene Cola angeboten.

»Na gut«, sagte Benny, und Buck registrierte befriedigt: Bruder Tarzan ist ein ganz klein wenig beleidigt. »Wie du willst! Also, was ist, geht es los?«

»Ja«, sagte Buck, »es geht los. Es ist jetzt genau 16 Uhr 33. Auf die Plätze, fertig, los!«

Benny spurtete über die achtspurige Park Lane zum Hyde Park hinüber, als gelte es, für die Olympiastaffel im 110-Meter-Hürdenlauf zu trainieren. Ab und zu sah es so aus, als würde er über die Dächer der gemächlich vorrükkenden Autos hüpfen, und einmal schien er gar unter einem Sattelschlepper durchzuschlüpfen. Buck stockte der Atem. Verrückter Typ, dachte er.

Hundert Sekunden später erreichte Buck die Fußgängerallee am Hyde Park ordnungsgemäß über den Zebrastreifen. Er konnte gerade noch sehen, wie sich Benny gute fünfzig Meter entfernt wie ein Orang-Utan am dicksten Ast einer Trauerweide hochhangelte. Für einen Moment vergaß Buck, was er vorhatte. Er mußte lachen. Mitten auf der breiten Allee blieb er stehen und lachte sich kringelig: Mann o Mann, hab ich dich reingelegt, Bruder Tarzan! Nach Strich und Faden!

Benny bekam nichts von Bucks ungewöhnlicher Freude mit. Er schwang sich am anderen Ende des Baumes herunter und nahm sich Weide Nummer drei vor. Nummer drei? Buck erschrak. Hätte er statt zwanzig nicht doch lieber dreißig Stellen mindestens vier Meter vom Boden entfernt vorschlagen sollen?

Schnell ließ er den Rucksack vom Rücken gleiten und zog Onkel Macs Karte aus der Seitentasche. Er hielt den Finger auf den unteren Filzstiftkringel, blickte nach links und verschwand mit langen Schritten zielgerichtet in einem dichten Fliedergebüsch.

Buck hatte Glück, denn er entdeckte den Gulli auf Anhieb. Mit ungewohnter Entschlossenheit angelte er eine fingerdicke Eisenstange aus dem Rucksack. Dann holte er tief Luft, hebelte den Gullideckel auf und wuchtete ihn beiseite. So weit, daß er eben hindurchpassen würde.

Dann griff er sich die Stablampe und leuchtete in den schwarzen Schacht hinein. Er zählte achtzehn eiserne Sprossen: sechs Meter.

Als Buck merkte, wie seine Hände zu zittern begannen, hängte er sich die Taschenlampe an den Gürtel und zwängte sich durch den Spalt zwischen Gullideckel und Gullirand. Der Lichtkegel tanzte gespenstisch von einer Seite der steinernen Röhre zur anderen.

»Los, du Schisser!« sagte Buck laut zu sich selbst. Und als auch das nichts nützte, stellte er sich Bruder Tarzans dummes Gesicht vor. Als strahlender Sieger würde er ihn am Zielpunkt erwarten: Ja, mein lieber Benny, ich war nicht bloß zwanzig Mal vier Meter vom Erdboden entfernt, sondern tausend Mal! Mit jedem Schritt! Da staunst du, was? – Das half. Buck vergaß die zitternden Hände und den wild hüpfenden Puls, und viel sicherer, als er es von sich selbst erwartet hatte, stieg er in Londons Kanalisation hinab. Diesmal werd ich's dir zeigen, Benny Buff!

Eine unheimliche Begegnung

Unten im Kanal stank es erbärmlich. Und es war empfindlich kalt. Doch das war Buck egal. Im Schein der Stablampe legte er den Kompaß auf Onkel Macs Karte und drehte sie in die richtige Richtung. Der schmale Steg neben dem meterbreiten Bach, durch den träge die Abwässer Londons flossen, war leicht glitschig: mit graubraunem Schlamm bedeckt, der bis in Hüfthöhe das gemauerte Gewölbe hinaufkroch. Bis dahin scheint die Suppe also manchmal zu steigen, dachte Buck, und ihn schauderte. Schnell richtete er den Lichtkegel der Halogenlampe nach links: Da geht's lang! Dann zog er den Bauchriemen seines Rucksacks fester und stiefelte los.

Aber keine fünf Schritte weiter blieb er wie angewurzelt stehen. Unmittelbar vor ihm löste sich ein Schatten von der Gewölbewand und verschwand mit einem leisen Platschen in der braunen Brühe.

Bucks Herzschlag trommelte bis in den Kopf. Sofort hatte er die Lampe ausgeknipst. Was war das? Da, schon wieder: platsch! Einen Augenblick sah sich Buck in Gedanken die Eisenbügel des Gullischachts wieder hinaufsteigen. Doch dann riß er sich zusammen: Nein, er durfte nicht aufgeben! Jetzt kam es drauf an! Er hatte sich auf dieses Abenteuer eingelassen, also mußte er es durchstehen!

Buck gab sich einen Ruck und befahl seinem Daumen, den Einschaltknopf der Stablampe nach vorn zu schieben. Und jetzt noch mal in das Gewölbe hineingeleuchtet! Wieder machte Bucks Herz einen Sprung: Im Kanal wimmelte es nur so von Ratten! Ratten, die aus dem Abwasser hervorlugten, Ratten, die gemächlich über den schlammigen Laufsteg hoppelten, Ratten, die spukhaft an den Wänden entlang huschten, um im undurchdringlichen Schwarz außerhalb des Lichtkegels zu verschwinden.

Da muß ich durch, dachte Buck, und er wunderte sich über sich selbst, als sich seine Füße von neuem in Bewegung setzten und die ungemütlichen Aasfresser auseinandertrieben. Benny besiegen, Benny besiegen, Benny besiegen! murmelte er wie eine Beschwörungsformel vor sich hin.

Nach etwa zweihundert Schritten erreichte Buck die erste von drei Gabelungen des Kanals, die er laut Onkel Macs Karte auf seinem Direktmarsch zu erwarten hatte. Keine Frage, er mußte nach rechts.

Noch einmal hundertachtzig Meter, und die Röhre teilte sich von neuem. Dann ging es fast einen halben Kilometer weit geradeaus. Buck begann, sich an die unheimlichen Bewohner des unterirdischen Labyrinths zu gewöhnen. Doch als er mit der Fußspitze gegen den weichen Körper einer allzu dreisten Ratte stieß, gelang es ihm nur mit Mühe, einen Aufschrei zu unterdrücken.

Endlich war Buck an der letzten Kreuzung vor dem Ziel angelangt. Wieviele Bäume Benny wohl schon geschafft hatte? Hoffentlich ist er nicht doch schneller als ich, dachte Benny und erschrak. Doch als er einen Blick auf den Kanalisationsplan warf, huschte wieder ein Lächeln über sein Gesicht: Nein, Benny konnte nicht schneller am Ziel sein als er! Nicht nur die zwanzig Bäume hielten ihn auf. Er mußte zudem im rechten Winkel zur Grosvenor Street laufen, während Buck trotz der drei Abzweigungen beinahe geradelinig vom Startpunkt aufs Ziel zusteuern konnte. Buck faltete die Karte wieder zusammen.

Keine hundert Meter weiter mußte der Gulli sein, durch den er wieder ans Tageslicht steigen würde. Der Gedanke beflügelte ihn! Er wandte sich schwungvoll nach rechts und – zuckte zusammen. Dort, wo er den Zielgulli vermutete, flammte eine Taschenlampe auf! Für ein, zwei Sekunden schimmerte dem zu Tode erschrockenen Buck ein blasses Gesicht entgegen. Wie von allein erlosch seine Stablampe. Großer Gott, was ist denn das für ein Typ? Ein Kanalarbeiter? Nein, die arbeiten bestimmt nicht allein, und schon gar nicht bei so schlechter Beleuchtung! schoß es Buck durch den Kopf. Dann bewegte sich die Gestalt auf ihn zu, und der Strahl der Taschenlampe drohte ihn zu erfassen.

Buck dachte nur noch eins: Weg! Brüsk drehte er sich um, machte einen Sprung bis zur Ecke der hinter ihm liegenden Kreuzung und – verlor das Gleichgewicht. Er taumelte, ruderte mit den Armen durch die tintige Kanalluft, glitschte aus und rutschte, beinahe sacht, in den stinkenden Abwasserbach. Der Lichtfinger der fremden Taschenlampe huschte einen knappen Meter neben ihm über die unterirdische Kreuzung und zog sich ruckhaft wieder zurück. Buck weinte, als er versuchte, wieder aus der Brühe herauszukriechen.

Der Mann aus dem Gulli

Betty legte die 250 Meter bis zum Ende der Grosvenor Street im Eiltempo zurück. Nummer 61, 63, 65 und dann, schräg gegenüber der US-Botschaft und dem Grosvenor Square, ein Abrißgrundstück. Das mußte Nummer 67 sein. Verwundert spähte Betty durch den Bauzaun. Zwischen den zackig abgebrochenen Grundmauern einer ehemaligen Villa wucherten wilde Gräser, Sträucher und Blumen über umgekippte Badewannen und zerrissene Plastiktüten. Eine Tafel über dem Bauzaun versprach den baldigen Neubau eines »Hotel Mayfair«.

Wie kommt Buck ausgerechnet auf diese Ecke Londons? Betty blickte sich um. Die Straße war ziemlich ruhig. Ab und zu fuhr ein Auto vorbei, und die wenigen Passanten schienen alle auf dem Heimweg zu sein: Niemand beachtete das Mädchen, das kurz entschlossen über den mannshohen Bretterzaun stieg.

Betty kletterte über wild verstreute Mauersteine und Reste ehemaligen Hausrats. Nach einigen Metern wurde der Untergrund ebener. Hier muß die Einfahrt gewesen sein, murmelte sie. Aber auch dort war nichts Verdächtiges zu entdecken. Moosbewachsene Pflastersteine und ein Gullideckel. Weiter nichts. Betty machte kehrt, kraxelte zurück über die Bretterwand und ging unruhig vor dem seltsamen Zielpunkt auf und ab. Dieser Buck! dachte sie.

Das Warten war furchtbar. Betty grübelte und grübelte, ohne zu wissen, worüber sie sich eigentlich den Kopf zerbrach. Schließlich fehlte ihr jeder Anhaltspunkt, um Bucks Geheimnis auf die Spur zu kommen.

Jeder Anhaltspunkt? Betty war wie elektrisiert: Natürlich, das könnte ... Weiter kam sie nicht. Benny kam auf sie zugekeucht wie eine altersschwache Dampflok. Die Haare klebten ihm strähnig auf der Stirn.

Keine Frage: Er hatte seinen Wettkampfbeitrag geleistet.

Betty erschrak, als sie Benny entdeckte. »Duuu?«

»Na, wer denn sonst! Du hast doch nicht etwa Bruder Hasenfuß erwartet.«

»Doch, Benny, ich habe ›Bruder Hasenfuß‹ erwartet!« sagte Betty, und ihre Stimme klang so böse, daß Benny die Luft anhielt. »Bist du wirklich so blöd, oder tust du nur so, Benny Buff? Meinst du, Buck läßt sich auf so eine Wette ein, wenn er nicht hundertprozentig sicher ist, daß er sie auch gewinnt?«

Auch wenn Bettys Augen meterweit Funken sprühten, Angst hatte Benny vor seiner Schwester nicht.

»Daß er nicht hier ist, beweist doch, daß er das tut, oder?«

Ja, logisch war das, was Benny da von sich gab. Logisch und dennoch nicht zu glauben. Nein, Buck war ein cooler Rechner, wenn's drauf ankam! Das hatte er oft genug bewiesen.

»Benny«, sagte Betty, und ihre Stimme klang dabei so feierlich, daß Benny nicht wußte, ob er lachen oder weinen sollte, »wir müssen irgendwas tun!«

»Tun?« echote Benny.

»Ja, tun! Guck mal hier, durch den Bauzaun! Ist das nicht komisch?«

»Was? Wieso?« fragte Benny, und er dachte dabei: Mannometer, Buck und Betty, die haben 'ne Phantasie wie 'ne Herde aufgescheuchter Hühner. »Ist doch'n ganz normaler Bauplatz!«

»Ich weiß nicht!« murmelte Betty, und sie hoffte, daß Buck ihr von hinten die Hand auf die Schulter legen würde: Hier bin ich!

Plötzlich pfiff Benny leise durch die Zähne. Betty zuckte zusammen. »Da«, sagte Benny, »der Gullideckel!«

Langsam wurde die runde, gußeiserne Platte beiseite geschoben.

Eine Hand kam zum Vorschein. Ein Arm folgte. Und dann ein Kopf. Ein Männerkopf. Noch einmal pfiff Benny durch die Zähne: »Was ist denn das für'n Gullihopser?«

Der Mann sah sich nach allen Seiten um, bevor er sich ins Freie schwang und den Gullideckel wieder zuschob. Er war etwa vierzig Jahre alt und trug einen dunkelbraunen Cordanzug. In der Hand hielt er einen Kanister mit der Aufschrift »Vin Rouge«. »Wien Ruge«, las Benny vor.

»Das ist Französisch und spricht sich ›Wää Ruusch‹«, verbesserte Betty ihren Bruder.

»Alle Achtung, Lexikonlady! Und was heißt das, wenn man fragen darf?«

»Rotwein.«

»Also 'n Penner, der da unten seinen Rausch ausgeschlafen hat.«

Damit war für Benny die Sache erledigt. Er drehte sich um und hielt nach Buck Ausschau: »Jetzt könnte Buckilein aber wirklich langsam auftauchen. Komm, wir gehen ihm entgehen!«

Betty hörte überhaupt nicht, was Benny sagte. »Für 'nen Penner ist der viel zu gut gekleidet«, flüsterte sie, und unmittelbar darauf hatte sie das gleiche elektrisierende Gefühl wie vorhin, als Benny aufgetaucht war. Hastig fragte sie ihren Bruder: »Hast du 'ne Ahnung, was Buck in seinem Rucksack hat?«

Was ist denn jetzt wieder los, dachte Benny und zuckte die Schultern: »Null Ahnung.«

»Mensch, Benny, denk doch mal nach! Vielleicht ist Buck in Gefahr!«

Benny sah seine Schwester an. Jetzt wußte er: Die Sache ist ernst. Wenn Betty so redet und guckt, dann ist was los, dann spinnt sie nicht.

Also dachte Benny nach, daß die Haarwurzeln qualmten. Ja, da war was. Auf der Busfahrt war ihm etwas aufgefallen: »Kurz vor Marble Arch hat irgend so'n Typ Buck mit dem Rücken gegen mich gedrückt. Na ja, und da hat es sich so angefühlt, als würde er 'ne Eisenstange mit sich rumschleppen.«

Schon saß Betty auf dem Bauzaun und schwang sich zum Abrißgrundstück hinüber.

Ein Satz, und Benny stolperte neben seiner Schwester auf die ehemalige Einfahrt zu. »Was ist denn los?«

»Buck ist da unten.«

»Wo unten?« Benny kapierte immer noch nicht.

»Na da unten, in der Kanalisation!«

Benny konnte es nicht glauben. »Buck?« fragte er. »Aber der...«

Betty ließ ihn nicht ausreden. »Der würde sich da unten doch die Hosen vollmachen, wolltest du sagen, nicht?« fuhr sie ihren Bruder an. »Mensch, schnallst du das denn nicht: Er wollte dir ein für alle Mal beweisen, daß er nicht das feige kleine Buckilein ist, für das du ihn immer hältst!«

Benny kriegte ein schlechtes Gewissen. Irgendwie fühlte er sich schuldig.

In Null Komma nichts war Benny beim Gulli. Er

steckte die Finger in die Löcher rund um die Aufschrift: * Mayfair * City of London * 1923 *. Dann versuchte er mit aller Kraft, den zentnerschweren Deckel anzuheben. Vergeblich.

Betty war plötzlich seltsam ruhig. Benny kannte das schon: Wenn's hart auf hart ging, wirkte sie so cool, daß es einem unheimlich wurde. »Hier muß irgendwo die Eisenstange liegen, mit der der Typ den Gulli aufgehebelt hat. Vorausgesetzt, er ist hier auch eingestiegen.«

»Da!« Benny hatte die Stange entdeckt. Sie lag tatsächlich neben ihm im knietiefen Gras.

Keine Minute später hatte Benny den Deckel beiseite gedreht und schwang sich auf den Gullirand.

»Warte!« rief Betty und rannte wieder zum Bauzaun zurück. »Ich lauf schnell rüber zum Grosvenor Square. Da ist 'ne Drogerie. Wir brauchen Licht.«

Als sie wieder zurückkam, hatte Betty eine kleine Taschenlampe und hundert Meter Haushaltskordel in der Hand.

»Wozu ist denn die Kordel?« fragte Benny.

»Damit wir uns nicht verlaufen.«

Tote Ratten

Benny tappte dem kläglichen Schein der Taschenlampe hinterher. Betty hielt sich, so dicht es ging, hinter ihm und wickelte den Bindfaden ab. Sie wagte nicht, dran zu denken, daß Buck sich in einem der Gänge verirrt haben könnte.

Als Benny die ersten Ratten entdeckte, lenkte er schnell den Lichtstrahl woanders hin. Schließlich wußte er: So cool Betty ist, soviel Angst hat sie auch.

Aber dann sah Betty sie doch. Sie stieß einen leisen Schrei aus und griff instinktiv nach Bennys Hand. »Sind die tot?« fragte sie. Und dann wieder in diesem schrecklich kalten Tonfall: »Leuchte mal!«

In dem Abwasserstrom, der ihnen träge entgegenquoll, wimmelte es von toten oder sterbenden Ratten. Benny zog es das Herz zusammen. »Ist ja schrecklich!« murmelte er und hielt den Lichtkegel der Taschenlampe wieder starr auf den schmalen Steg neben dem Kanal.

Plötzlich fing Betty hinter ihm an aus Leibeskräften zu rufen. Benny erschrak so sehr, daß er um ein Haar ausgerutscht wäre. »Buck!« rief sie, »Buck, wo bist du?«

Natürlich, wir müssen ihn rufen! dachte Benny. Und dann brüllten sie gemeinsam: »Buck! Buhuck! Wo steckst du?«

Als Benny ganz in der Nähe Bucks Stimme hörte, hätte er beinahe vor Freude losgeheult. Gott sei Dank, er lebt, dachte er.

Ja, Buck lebte. Nachdem es ihm gelungen war, aus der scheußlichen Brühe zu kriechen, hatte er sich flach auf den Boden gelegt. Der Fremde hatte keine zwanzig Schritt entfernt haltgemacht, den Kanister aufgeschraubt und den Inhalt in den Kanal gegossen. Buck hatte sich zitternd auf die schlammigen Steine gepreßt und immerzu gebetet: »Lieber Gott, laß ihn mich nicht entdecken, laß ihn mich nicht entdecken!«

Der Mann entdeckte ihn nicht. Er leerte den Kanister und ging zum Gulli zurück. Als Buck aufstand, war ihm schwindelig vor Kälte, Angst und Übelkeit. So schwindelig, daß er noch einmal das Gleichgewicht verlor und hinstürzte. Als er sich endlich wieder aufrappelte, hatte er die Orientierung verloren. Er wußte nicht mehr, welchen Weg er an der Kreuzung einschlagen mußte, um ins Freie zu gelangen. Die Stablampe brannte nicht mehr, die Kleider, der Rucksack, alles war naß und stank ekelerregend. Buck lehnte sich gegen die Wand des Gewölbes und weinte.

Das alles erzählte er seinen Geschwistern, während sie zum Gulli zurückgingen und auf dem Abbruchgrundstück ins Freie kletterten. Er schämte sich nicht. Und Benny dachte nicht im Traum daran, irgendeine dumme Bemerkung zu machen. Er hing Buck wortlos seine Jacke über und legte ihm seinen Arm um die Schultern. »Du bist unheimlich mutig!« sagte er und lächelte. Buck lächelte zurück. An die Wette dachten sie längst nicht mehr.

Mit jedem Schritt, den sie sich von dem unheimlichen Abwasserkanal entfernten, fiel ein bißchen mehr Spannung von den Drillingen.

Und als sie sich vorstellten, wie sie Buck an der Park Lane in den Bus einschleusen würden, lachten sie plötzlich los.

»'ne Stinkbombe ist gegen dich der reinste Rosenduft«, gickelte Benny, und Betty hielt sich die Nase zu, als sie die Stationen ausrief: »Marble Arch«, »The Ring«, »Long Water«.

An der Bushaltestelle rückten die Leute merklich von den Drillingen ab und warfen sich vielsagende Blicke zu. Aber erst im Bus! Der Schaffner war schier aus dem Häuschen: »Das riecht ja hier wie im Schweinestall! Wie ist denn das passiert? Bist du in einen Gulli gefallen?«

»Nee«, grinste Buck, der immer noch leicht vor sich hinschlotterte, »in die Jauchegrube.«

»Hier in London? Du willst mich wohl auf den Arm nehmen! – Marble Arch, umsteigen Richtung Wellington Road und Richtung Kingsland Road!« Der Schaffner schob das Mikro beiseite und wies mit dem Kopf zum hinteren Ausgang: »Tut mir leid, das kann ich den anderen Fahrgästen nicht zumuten. Nächste Station mußt du aussteigen!«

Buck und Benny sahen sich an und blieben einfach stehen. Doch Betty kniff die Brüder in den Rücken und schob sie vor sich her. Dabei sagte sie ein bißchen lauter als nötig: »Hoffentlich ist deine Lungenentzündung auch wirklich schon ausgeheilt!«

»Halt!« rief die alte Dame, die ihre Dauerwelle mit einem Hut zusammenhielt, den sie gut und gern als Nachttopf hätte benutzen können. »Halt, hiergeblieben! Du hast eine Lungenentzündung?« Dem Schaffner blieb nichts anderes übrig, als dem Fahrer das Abfahrtsignal zuzututen und die Türen zu schließen. Er vergrub seine Nase im Uniformärmel und studierte aufmerksam den Streckenplan, den er eigentlich auswendig kennen mußte. Mit der alten Schachtel leg ich mich nicht an, dachte er.

Freudig schilderte Buck in allen Einzelheiten der fürsorglichen Lady seine angebliche Krankengeschichte. Dann nannte er ihr noch Ort und Dauer der Landwirtschaftsausstellung, auf der man mitten in London eine echte Jauchegrube bewundern könne. Schließlich verabschiedete er sich höflich, und die drei Lügenbolde sprangen Ecke Eastborne Terrace ins Freie.

Dort prusteten sie erst einmal heraus, ehe sie das letzte Stück im Dauerlauf zurücklegten. Nun galt es, in Sachen Stinkekleidung die letzte Hürde zu nehmen: Granny und Onkel Mac! Die schrecklichen Szenen im Kanal hatten die Drillinge schon fast vergessen. Nur Betty sah immer wieder für einen Moment die toten und sterbenden Ratten vor sich. Wie war das nur möglich? Hatte etwa der Typ...

»Los, rein!« rief Benny. »Die Ausstellungsstory dürfte auch für Onkel Mac und Granny gut sein.«

»Ich weiß nicht«, zweifelte Betty. »Nachher kommen sie noch auf die Idee, den Ausstellungsverein auf Schadenersatz zu verklagen!«

»Egal, mir wird schon was einfallen!« Im Geschichtenerfinden war Buck einsame Spitze. Betty schloß die Haustür auf, und die drei »Abwasserspezialisten« schlichen ins Treppenhaus.

»Ob wir leise sind oder nicht«, murmelte Benny, »riechen tun sie uns doch!«

»Trotzdem«, flüsterte Betty.

Sie huschten gerade durch den Flur im ersten Stock, als ein wohlbekanntes »Knurren« und »Bellen« durch die geschlossene Tür von Onkel Macs Arbeitszimmer drang. Die Drillinge blieben stehen.

Drohende Gefahr

»Zum neunmal gestiefelten Backenzahn«, fluchte Onkel Mac auf seine unverwechselbar freundliche Art, »ich bin absolut sicher, daß ich den Plan hier hingelegt hatte.«

Benny pfiff leise durch die Zähne, und Buck flüsterte: »Mist!«

»War es nicht doch der Schreibtisch im Büro?« Aha, also sprach er mit Judy!

»Im Büro?« Onkel Mac steigerte das Bellen zu einem mittelschweren Löwengebrüll: »Ich werde doch wohl noch mein Büro von meiner Wohnung unterscheiden können! Hier hat der Plan gelegen. Hier auf dem Schreibtisch und nirgendwo anders!«

»Stimmt«, flüsterte Buck.

Nun wurde auch Judy langsam sauer: »Reg dich doch nicht künstlich auf!«

»Künstlich?« donnerte Onkel Mac. »Zum Kuckuck noch mal, es geht um Menschenleben!«

»Um Menschenleben?«

»Ja, um Menschenleben«, sagte Onkel Mac.

»Wieso, was ist denn das für ein Plan?« Judys Stimme wirkte mit einem Mal hellwach. Hellwach und konzentriert. Von Säuernis keine Spur mehr.

»Das kann ich dir nicht sagen.«

»Wie bitte?«

»Ich kann's dir nicht sagen, weil das Ganze geheim ist. Streng geheim. Ich unterstehe bei dieser Sache direkt dem Innenminister.«

Benny pfiff noch einmal durch die Zähne.

Onkel Macs Argument schien Judy nicht zu beeindrukken. Ganz im Gegenteil: »Mißtraust du mir neuerdings, oder wie soll ich das verstehen? Meinst du, ich könnte ein Geheimnis nicht für mich behalten?« fragte sie, und dem Klang ihrer Stimme war anzumerken, daß sie wirklich beleidigt war.

Als er ihr antwortete, sprach Onkel Mac wie zu einem störrischen kleinen Kind: »Judy, ich bin Beamter. Beamter von Scotland Yard. Und du bist Reporterin. Genauer gesagt: Kriminalreporterin.«

Mensch, mach's nicht so spannend! dachte Benny.

»Ja und?« Betty sah in Gedanken Judys Augen blitzen, als sie dem »Herrn Kriminalinspektor« diese beiden Worte entgegenzischte.

Unbeirrt fuhr Onkel Mac fort: »Judy, ich habe im Interesse von Hunderttausenden von Londoner Bürgern meinen Mund zu halten.«

»Und ich hätte im Interesse von Hunderttausenden von Londoner Bürgern den Mund aufzumachen. Das willst du doch sagen, Mac Macintosh, oder?«

»Klar will er das sagen«, flüsterte Benny auf der anderen

Seite der Tür und handelte sich einen kräftigen Rippenstoß seiner Schwester ein.

»Ja, das will ich damit sagen«, bestätigte Onkel Mac.

»Mac«, begann Judy noch einmal und machte eine lange Pause.

Die Ruhe vor dem Sturm, dachte Buck. Doch er täuschte sich.

Bedächtig und jedes Wort betonend, fragte Judy den Onkel: »Mac – ist nur der Innenminister der Ansicht, daß es besser wäre, der Öffentlichkeit die Bedrohung zu verschweigen, oder bist du auch dieser Meinung?«

Jetzt fing auch Betty an, die Tapete mit den Fingerspitzen zu bearbeiten. Buck bemühte sich vergeblich, die Vorstellungen zu verscheuchen, die sein Gehirn immer deutlicher zu produzieren begann: Er sah, wie der Boden über den unterirdischen Kanälen Londons einbrach. Fußgänger, Fahrradfahrer und Autos stürzten vier Meter tief hinab. Riesige Ratten mit toten Augen rissen ihre schrecklichen Riesenmäuler auf und verschlangen alles, was sich bewegte: Autos und Fahrräder, Motorräder, Busse und – Menschen. Erst Onkel Macs Stimme verscheuchte den grausigen Tagtraum.

»Ja, ich bin auch dieser Meinung«, sagte er. »Ich weiß nämlich, wenn die Sache morgen bekannt wird, gibt es hier in der Stadt eine Panik.«

Wieder gab Benny einen seiner berühmten Pfiffe von sich, und wieder boxte Betty ihm in die Seite.

»Aber wenn morgen nichts in der Zeitung steht, wenn im Radio und im Fernsehen nicht von der drohenden Gefahr berichtet wird, dann können wir übermorgen die Verbrecher fassen, die hier in der Stadt das Leben von vielen, vielen Unschuldigen bedrohen.«

»Mac, das leuchtet mir ja ein«, antwortete Judy. Jetzt war sie es, die wie zu einem Kleinkind sprach. »Aber was ist, wenn ihr die Verbrecher nicht faßt? Sollte in einer demokratischen Gesellschaft nicht jeder Bürger selbst entscheiden können, ob und wann er sich vor einer drohenden Gefahr in Sicherheit bringt?«

Die Riesenratten in Bucks Phantasie fingen an, sich in Riesenschlangen zu verwandeln. In riesengroße mehrköpfige Riesenschlangen, die sich durch unterirdische Kanäle quetschten und tote Riesenratten verschlangen und dabei wuchsen und wuchsen, bis die Kanäle platzten.

»Judy«, hörte er Onkel Mac noch sagen, dann knarrten hinter ihm die Treppenstufen. Er fuhr herum und sah Granny, die – Papagei Lord Jickledy auf der Schulter – schwer beladen mit zwei Einkaufstaschen die Treppe hochgeächzt kam.

Als hätten die Drillinge es abgesprochen, rannten sie auf ihre Zimmertüren zu. Doch sie kamen nicht weit. Grannys Donnerstimme hielt sie auf: »Halt! Halt, Herrschaften! Wer vor seiner Großmutter Reißaus nimmt, der hat was auf dem Kerbholz. Stimmt's, oder hab ich recht?«

»Granny, wir...« begann Betty, da unterbrach Granny sie auch schon: »Papperlapapp!« Und ihre Stimme wurde noch zehn Phon lauter, als sie die entscheidende Frage stellte: »Buck! Wie siehst du denn aus? Und entschuldige bitte! Du stinkst ja, als hättest du die Hosen voll!«

»Hosen voll, Hosen voll, toll, toll, toll«, echote Lord Jickledy und flatterte um Buck herum.

Granny befühlte mit spitzen Fingern den graubraunen Schlamm an Bucks Hose, der dort, wo er schon trocken war, den Stoff steif werden ließ wie ein Brett. Gleichzeitig kommandierte sie: »Judy! Mac! Kommt doch mal her!«

Die Tür ging auf, und Onkel Mac stürmte mit Riesenschritten heran. Er war froh, der heiklen Diskussion mit seiner Verlobten entgehen zu können.

Judy folgte ihm nur widerwillig und stellte sich, nervös mit den Nägeln knipsend, neben Granny.

Buck kam sich verdammt elend vor, als die ganze Familie naserümpfend um ihn versammelt war. Hätte Benny ihm nicht aufmunternd zugezwinkert, er hätte losgeheult wie ein Schloßhund. So aber besann er sich auf das gemeinsame Geheimnis und blickte trotzig aus seiner schmutzgestärkten Wäsche in die Runde.

»Das stinkt ja bestialisch«, stellte Judy trocken fest.

»Beste Bestie – bääh!« krächzte der Papagei.

Onkel Mac fragte mit kriminalistischer Routine: »Wie ist denn das passiert?«

Betty und Benny sahen ihren Drillingsbruder aufmunternd an: Na los, mach schon, tisch ihnen die Geschichte von der Landwirtschaftsausstellung auf!

Doch Buck blickte zu Boden und stotterte auf einmal los: »Ich bin heimlich ... Das heißt, wir sind heimlich ...«

»Buck!« fauchte Benny und beugte sich so brüsk vor, als wollte er auf seinen Bruder losspringen, um ihm den Mund zuzuhalten.

Doch Buck schien das nicht zu bemerken. Scheinbar völlig zerknirscht begann er zu erzählen: »Wir sind heimlich zu Jo Winter gefahren.«

Betty holte tief Luft. Sie kannte keinen Jo Winter, und sie wußte, daß auch Buck keinen Jo Winter kannte.

»Jo Winter aus unserer Klasse«, fuhr Buck fort. Betty trat dem verwirrten Benny auf den Fuß, was bedeuten sollte: Mensch, kapier doch, Buck erfindet 'ne neue Ausrede!

»Der Jo wohnt auf einem Bauernhof. In 'nem Dorf bei Watford.« Granny kannte ihre Pappenheimer. Sie hatte schon zu oft erlebt, daß Buck der Wahrheit ein bißchen nachhalf. Deshalb sah sie voll Argwohn auf die Uhr und stellte zweifelnd fest: »Mein lieber Buck, jetzt ist es halb acht. Du willst mir also weismachen, daß ihr in den zwei, drei Stunden seit heute Nachmittag von hier nach Watford und wieder zurück gefahren seid. Und daß ihr euch dann auch noch einen Bauernhof angesehen habt!«

Betty hielt die Luft an, als Buck seine Granny mit treuen Hundeaugen anblickte und mit einem leisen Zittern in der Stimme den nächsten Einfall von sich gab: »Jos Bruder Andy hat uns im Wagen mitgenommen. Na ja, und wir waren dann nur 5 Minuten auf dem Hof. Ich bin nämlich gleich ...«

»... in die Jauchegrube gesprungen«, prustete Benny los, der das Spiel endlich durchschaut hatte.

Betty lachte laut auf. Bennys Schlußpunkt unter die Lügengeschichte kam so plötzlich und war so treffend, daß sie einfach lachen mußte.

Ihr Lachen steckte die anderen an. Sogar Onkel Mac röhrte ein kräftiges Hahaha in die Runde, und Lord Jickledy gickelte in den höchsten Tönen und rief immer wieder: »Gesprungen, gesungen, gelungen – hihi!«

Ein folgenschwerer Entschluß

Als Buck eine halbe Stunde später, nach Shampoo und Duschgel duftend, in sein Zimmer kam, saßen Betty und Benny auf dem Bett und diskutierten das weitere Vorgehen.

Benny wollte natürlich auf eigene Faust den Kanistermenschen verfolgen.

Betty hatte Bedenken: Wenn der Mann tatsächlich mit dem Fall zu tun hatte, an dem Onkel Mac arbeitete, dann war die Sache zu heiß. Viel zu heiß.

Buck suchte vergeblich nach seinem Lieblingshemd,

das wiedermal in Bennys Schrank hing. Doch das hinderte ihn nicht daran, Bettys Ansicht zu teilen. »Am besten«, schlug er vor. »der Gulliplan landet schnellstens wieder auf Onkel Macs Schreibtisch – oder knapp daneben, damit es nicht so auffällt. Und dann vergessen wir diese scheußliche Rattengeschichte!«

Betty runzelte die Stirn. »Sag mal, Buck, ist dir beim Duschen ein bißchen viel Wasser ins Hirn gedrungen? Erstens kann ich das mit den Ratten nicht so einfach vergessen. Und zweitens sieht der Plan genau so aus und riecht auch so, wie du vor einer halben Stunde. Wenn Onkel Mac den Plan in die Finger kriegt, dann zählt er eins und eins zusammen und weiß, daß wir die Nase schon verdammt tief in sein Staatsgeheimnis gesteckt haben.«

Jedenfalls schien das Duschen Buck außerordentlich belebt zu haben. Während er auf der Hemdsuche seinen Schlafsack, die dicken Wintersocken, einen Stapel ausrangierter T-Shirts, zwei Tischtennisschläger und eine Handvoll Miesmuscheln aus den Tiefen seiner Kommode ans Tageslicht beförderte, machte er den nächsten Vorschlag: »Rufen wir Onkel Mac doch einfach an und sagen ihm, was wir wissen. Anonym natürlich!«

Doch auch diese Idee überzeugte Betty nicht: »Der hört unsere Stimmen doch aus tausend raus«, wandte sie ein.

»Auch mit Taschentuch vorm Mund?«

»Hast du's schon mal probiert? Das funktioniert bestimmt nur in Kriminalromanen.«

Benny hatte dem Gespräch gar nicht mehr richtig zugehört. Er wollte einfach nicht einsehen, daß die Rattenstory für sie erledigt sein sollte. Warum also sich den Kopf darüber zerbrechen, wie sie am besten aus dem Fall aussteigen könnten? Für ihn stellte sich die Frage nach wie vor andersherum: Wie ließ sich am besten in den Fall *einsteigen?* Hartnäckig fing er von neuem an: »Wir müssen den Typ von heute abend...«

Wie von der Tarantel gestochen fuhr Buck aus einem Stapel frisch gewaschener Unterhosen hervor und rief: »Nicht mit mir! Ich kriech nicht noch mal in diesen verfluchten Gulli!«

Benny rümpfte die Nase. Für diese Reaktion hatte er nur ein Wort übrig: »Schisser!«

Während Buck diesen unerwarteten Tiefschlag noch verdauen mußte, schüttelte Betty den Kopf und sagte leise und ernst: »Nee, Benny, das hat nichts mit Schiß zu tun. Mich kriegen da auch keine zehn Pferde mehr rein. Das ist das reinste Grab da unten...«

Benny sprang auf und rannte im Zimmer auf und ab wie ein Bär im Käfig. »Und was dann?« ereiferte er sich. »Mensch, wenn die Sache wirklich so heiß ist, wenn halb London in Gefahr ist, dann müssen wir doch...«

»Wir müssen mit Onkel Mac reden, ganz einfach«, unterbrach ihn Buck und steckte den Kopf wieder in die Schublade mit der Unterwäsche, als wollte er sich vor der nächsten unkontrollierten Reaktion seines Bruders in Sicherheit bringen.

»Mit Onkel Mac – oder mit Judy! Ja, lieber mit Judy!« schlug Betty vor.

»O Mann!« schimpfte Benny. »Mit dem Gulli, das seh ich ja noch ein. Aber wir könnten doch wenigstens versuchen, was über den Kanistertypen rauszukriegen. Und zwar ohne gleich in der Unterwelt rumzugeistern.« Er machte eine Kunstpause, sah aus dem Fenster und fuhr – beinahe beiläufig – fort: »Ihr wißt genau: Wenn wir einen Fall gelöst haben, dann tun sie zwar immer furchtbar böse, aber in Wirklichkeit sind sie froh, daß die Sache vorbei ist. Und ein bißchen stolz sind sie auch auf uns. Sogar Onkel Mac!«

Das war Bennys letzte Trumpfkarte. Er blieb am Fenster stehen und wartete. Waren Betty und Buck eitel genug, um nach dem Köder zu schnappen, den er ihnen hingeworfen hatte? Konnte die Aussicht auf eine neue »Heldentat« sie verlocken, die möglichen Gefahren dieses geheimnisvollen Falles außer acht zu lassen?

Benny sprach jetzt in Gedanken mit sich selbst: Ruhig bleiben, Benny Buff, ganz ruhig! Der letzte Trumpf ist ausgespielt. Jetzt sind die andern dran.

Buck warf weiterhin Unterhemden, Pullis, Mickymaus-Hefte und Musikcassetten durcheinander, als wäre nichts geschehen.

Betty drehte sich Locken in die Haarspitzen und schwieg.

Am liebsten hätte Benny sich umgedreht und geradeheraus gefragt: »Na, was ist? Macht ihr nun mit oder nicht?« Aber er riß sich zusammen. Ihm war klar: Allein konnte er den Fall nicht schaffen. Entweder machten sie alle drei mit oder keiner. Und er wußte: Bequatschen ließ Betty sich nicht, und Buck würde letzten Endes das tun, wozu sich seine Schwester entschied.

Endlich holte Betty tief Luft und teilte ihren Drillingsbrüdern mit, wozu sie sich durchgerungen hatte: »Okay, wir sehen uns den Gullimenschen noch mal näher an. Aber unter einer Bedingung: Morgen Abend um zehn informieren wir Onkel Mac; egal, wie die Aktien stehen.«

Bennys Herz machte vor Freude einen kräftigen Hüpfer: Betty hatte angebissen. Doch er war klug genug, seine Freude nicht zu zeigen. »Na gut«, murmelte er scheinbar enttäuscht. »Wenn's unbedingt sein muß!«

»Und was meinst du, Buck?« fragte Betty.

Buck fing langsam an zu frieren. »Jaja, gebongt«, sagte er beiläufig und – drehte sich abrupt zu seinem Bruder um: »Sag mal, hast *du* mein Hemd?«

Benny machte ein Gesicht, als hätte ihn Buck des Massenmordes an hundertfünfzig Kopfläusen bezichtigt. »Iiich? Wie kommst du denn daaarauf?«

Die Verfolgung

Am Nachmittag des folgenden Tages spähten Betty, Benny und Buck gemeinsam durch die Ritzen im Bauzaun an der Grosvenor Street 67. Obwohl es nicht nötig gewesen wäre – von dem Mann mit dem Kanister war schließlich weit und breit nichts zu sehen – unterhielten sie sich im Flüsterton.

Nur einer flüsterte nicht: Lord Jickledy. Granny hatte darauf bestanden, daß sie den Vogel mitnahmen. »Wenn ihr euch schon den ganzen Nachmittag sinnlos in der Gegend herumtreibt, dann könnt ihr wenigstens *etwas* Vernünftiges tun. Jickledy braucht genauso seinen Auslauf – beziehungsweise Ausflug – wie ihr.«

Basta – Granny kannte kein Pardon. Also krächzte, schnatterte und pfiff der vorlauteste aller Papageien fröhlich vor sich hin, während die Drillinge voller Spannung der Dinge harrten, die da kommen würden.

Und die Dinge kamen! Fast auf die Minute genau zur gleichen Zeit wie am Vortag hob sich der Gullideckel auf dem Abrißgrundstück, und der Mann im braunen Cordanzug kletterte ins Freie. Wieder sah er sich nach allen Seiten um, bevor er sich auf den Gullirand schwang, und wieder hatte er einen Kanister in der Hand.

Die Geschwister schlichen in respektvollem Abstand hinter dem geheimnisvollen Mann her. Am Berkeley Square *(Code 110)* verloren sie ihn fast aus den Augen. Und als sie ihn endlich wieder entdeckten, rannte er bereits zur Bushaltestelle Regent Street, Ecke Conduit Street *(Code 80)* und sprang auf den anfahrenden Doppeldecker der Linie 88.

Benny reagierte als erster und pfiff nach einem Taxi, das gerade an den Drillingen vorbeifuhr. Er hatte Erfolg. Das Taxi hielt an, die drei »Superdetektive« sprinteten los und verblüfften schließlich den Taxifahrer mit der Zielangabe: »Zur Regent Street!«, denn dort war der Bus Nummer 88 verschwunden.

Der Fahrer nahm die Hand vom Taxameter und schüttelte den Kopf: »Nee, Kinder, also die 300 Meter könnt ihr auch zu Fuß gehen!«

»Wir fahren ja noch weiter!« beeilte sich Betty zu sagen. Das fehlte noch, daß der Taxifahrer jetzt nicht mitspielte!

»Weiter, weiter, immer weiter«, krächzte Lord Jickledy und linste den mürrischen Fahrer mit schiefem Kopf und plinkernden Kulleraugen durch den Innenspiegel an.

Der legte knurrend den ersten Gang ein und fuhr los. Das heißt, er versuchte loszufahren. Denn auf Londons Straßen herrschte bereits der dichteste Feierabendverkehr, den man sich vorstellen kann.

Benny saß wie auf Kohlen. »O Mann«, murmelte er, »so holen wir ihn nie und nimmer ein!«

»Der Bus ist auch nicht schneller als wir!« flüsterte Betty.

»Der Bus?« fragte der Taxifahrer. Er schien verdammt gute Ohren zu haben.

»Ja«, sagte Buck und setzte dabei sein fröhlichstes Gesicht auf. »Wir verfolgen den 88er.«

»Ihr verfolgt einen Bus?« fragte der Mann hinter dem Steuer und nahm den Fuß vom Gas. »Was soll das heißen?«

Betty hielt die Luft an. Hoffentlich fällt Buck jetzt was ein!

Buck enttäuschte sie nicht. Er sprudelte los wie ein Wasserfall zur Schneeschmelze: »Wir haben unseren Freund verloren. Der ist nicht von hier; kommt vom Dorf. Wir haben gerade noch gesehen wie er Regent Street, Ecke Conduit Street in den Bus gestiegen ist.«

Von einem Augenblick zum anderen war der Taxifahrer wie ausgewechselt. Er gab so heftig Gas, daß der Wagen einen Bocksprung machte, schlug mit der Faust auf die Hupe und rief: »Warum sagt ihr das denn nicht gleich?! Keine Angst, den kriegen wir!« Und als er fünf Sekunden später wieder bremsen mußte, um dem silbergrauen Rolls Royce vor ihm nicht die Stoßstange einzudellen, brüllte er mit einer wahren Löwenstimme: »Nun fahr doch endlich, du alte Spiegelbirne!« und meinte damit den glatzköpfigen Herrn, der gemächlich seine Staatskarosse durch den Verkehrsdschungel kutschierte.

Auch Lord Jickledy ließ sich nicht lumpen. »Birne! Apfel! Piesepapfel!« kreischte er aus Leibeskräften und hüpfte aufgeregt von Bettys Schulter auf Bucks Kopf und wieder zurück. Die Stimmung in dem klapprigen Londoner City-Taxi war bombig: Die Verfolgungsjagd hatte begonnen!

»Der 88er fährt bis St. Paul's« verkündete der Fahrer, um gleich darauf wieder loszumeckern: »O Mann, diese Provinzler! Rechts ist das Gas, Opa, rechts!«

»Hält er am Piccadilly Circus?« wollte Betty wissen.

»Sicher. Da halten alle Busse.«

Die Wagenkolonne stockte von neuem. Sofort sank die Stimmung auf den Nullpunkt. Von einer Verfolgungs*jagd* konnte wirklich keine Rede mehr sein!

Der Taxifahrer ließ den Motor im Leerlauf aufheulen, als würde er mit 140 Sachen zum Überholen ansetzen. Als sich der Stau trotzdem nicht aufzulösen begann, zuckte er die Schultern: »Tja, meine Herrschaften, es ist immer noch Rush-Hour. Viel schneller als zu Fuß sind wir nicht. Wie konnte das eigentlich passieren, das mit euerm Freund?«

Betty stieß Buck in die Seite: Du bist dran!

Buck überlegte nicht lange. »Ja, also der Steve sammelt Briefmarken. Und da ist er zu 'nem Briefmarkenladen quer über die Grosvenor Street gerannt...«

Der Taxifahrer runzelte die Stirn. »In der Park Lane ist doch kein Briefmarkenladen!«

Buck rutschte das Herz in die Hose. Was nun? Fieberhaft stöberte er sein Gehirn nach einer Ausrede durch, doch ihm wollte und wollte nichts einfallen. Ein Glück, daß der Fahrer sich wieder auf den Verkehr konzentrieren mußte! Die Blechlawine, in der die Drillinge festsaßen, bewegte sich stockend um Piccadilly Circus herum, und als Buck endlich die Lösung seiner Denksportaufgabe einfiel, rief Betty: »Da, der Bus, das ist er: der 88er!«

Der Fahrer hatte den nicht existierenden Briefmarkenladen bereits vergessen. »Vielleicht geht ihr tatsächlich besser zu Fuß«, schlug er vor. »Es stockt schon wieder, und da vorn ist 'ne Haltestelle.«

Betty schaltete sofort: Sie warf einen Blick auf den Taxameter, registrierte »98 Pence«, flüsterte, als hinter ihnen ein Ungetüm von Lastwagen in ein walroßartiges Dauerhupen ausbrach: »Der Bus ist proppevoll, und der Kanistertyp kennt uns nicht.« Und sagte laut: »Okay, dann aber schnell!«, kramte in Windeseile eine Pfundnote aus den tiefsten Winkeln ihrer Hosentasche hervor und drückte sie dem Taxifahrer in die Hand.

Benny stieß die Wagentür zum Bürgersteig hin auf, und schon stürzten sich die Drillinge Hals über Kopf in das Getümmel der vorbeihastenden Passanten. Lord Jickledy torkelte laut krächzend über ihren Köpfen hin und her: »Platz da! Weg da! Scotland Yard!«

Sie hörten nicht mehr, was der Taxifahrer ihnen nachrief, bevor er die Wagentüren zuschlug: »Viel Glück!« Dabei konnten sie im Augenblick nichts besser gebrauchen, allein schon, um den Bus noch zu erwischen! Denn plötzlich setzte sich die Wagenkolonne wieder in Bewegung. Betty, Benny und Buck rannten und drängten sich, so schnell es eben möglich war, durch die Menschenmassen am Piccadilly Circus und – schafften es gerade noch, auf die Plattform des Doppeldeckers zu springen, bevor er sich schnaufend in Bewegung setzte.

Während Betty ihre Mehrfahrtenkarte dreimal hintereinander in den Entwerter schob und Benny, noch ganz aus der Puste, lauthals verkündete: »Na, haben wir das nicht wieder mal spitzenmäßig hingekriegt?«, zuckte Buck zusammen. Der Mann, mit dem Benny Rücken an Rücken durch die verstopften Straßen ruckelte, war niemand anderes als der »Kanistertyp«!

Buck trat seinem Bruder auf den Fuß und zischte: »Benny! Der Kerl hinter dir...«

Doch Benny war weit davon entfernt, Bucks Zeichen zu verstehen. »Au, mein Fuß!« schimpfte er so laut, als hätte gerade jemand versucht, ihm die unteren Gliedmaßen zu amputieren. Und als Buck ihm noch einmal zuzuflüstern versuchte, daß der Mann, den sie beschatteten, jedes Wort, das sie sprachen, mithören konnte, polterte er los: »Was ist? Kannst du nicht lauter reden?« Buck brach der Schweiß aus. »Der Typ neben dir... der Kanister...!« raunte er – und erreichte damit lediglich, daß Benny noch einmal posaunte: »Buck, ich versteh dich nicht! Du mußt schon ein bißchen lauter reden!«

Nun drehte sich der Mann mit dem Kanister um und lächelte Buck freundlich an: »Ja, ja, wer flüstert, der lügt. Und dabei sind wir doch alle ehrliche Menschen, oder nicht?«

Buck hatte das Gefühl, er müsse auf der Stelle tot umfallen, doch es sollte noch schlimmer kommen! Denn Lord Jickledy war – im Gegensatz zu Benny – nicht entgangen, was Benny geflüstert hatte. »Typ, typ, typ. Ki-ka-ki-Kanister« zwitscherte er und lachte in den schrillsten Tönen »Hihihi – kakikaki – hihi!«

Endlich schien Benny zu begreifen. Doch bevor er etwas sagen konnte, fragte der Mann im Cordanzug: »Was schreit der Vogel da?«

Buck spürte, wie ein kürbisgroßer Kloß seinen Hals hinaufkroch. Jetzt bloß keinen Fehler machen! Jetzt bloß nicht die Nerven verlieren! »Der... der Papagei?« stotterte er. »Der plappert bloß so vor sich hin. Bloß so.« Dabei lief er knallrot an und blickte sich hilfesuchend nach Betty um.

Doch nicht seine Schwester kam ihm zur Hilfe, sondern Bruder Benny. Mit unglaublicher Coolness grinste er den Fremden an und fragte: »Was hat Jickledy da wieder gezwitschert? Kanister?« Dann lachte er laut auf und log dem Mann strahlend ins Gesicht: »Jickledy gehört unserem Onkel. Der hat auch so'n Ding für seinen Rotwein.«

Der Fremde schien sich mit der Antwort zufrieden zu geben. Jedenfalls sagte er in unverändert freundlichem Tonfall: »Ja, so was ist praktisch. Sehr praktisch. Wenn ich das alles flaschenweise transportieren müßte...«, wandte sich ab und stierte leise kichernd vor sich hin.

Buck atmete tief durch, auch wenn sich für ein, zwei Sekunden eine Gänsehaut auf seinem Rücken breitmachte: Puuuh, das war gerade noch mal gutgegangen!

»Kingsway.« *(Code 67)* tönte es aus dem Lautsprecher. »Umsteigen Richtung Eversholt Street und Kingsland Road.«

»Na, dann wollen wir mal«, sagte der Mann im Cordanzug mehr zu sich selbst als zu den Kindern.

VIN
ROUGE

»Wir auch«, verkündete Benny, und Buck war sich nicht sicher, wer von den beiden unechter lächelte, der »Kanistertyp« oder »Bruder Tarzan«.

Betty hatte sich inzwischen wieder zur hinteren Plattform durchgedrängelt. Sie hatte Lord Jickledys Kreischen gehört und daraufhin den Mann erkannt, der nun am Kingsway zusammen mit den Drillingen ausstieg.

Während sich der Fremde zielstrebig auf dem belebten Bürgersteig entfernte, blieben Betty, Benny und Buck unschlüssig an der Haltestelle stehen.

»Zu blöd«, flüsterte Betty, »jetzt kennt er uns und merkt gleich, daß wir ihn verfolgen.«

Benny griente, daß seine Ohren Besuch bekamen: »Wieso? Wir können doch rein zufällig den selben Weg gehen, oder?« – und stiefelte los.

Bennys Nerven möcht ich haben, dachte Buck. Doch dann fiel ihm wieder die Wette ein, und er sah den Abwasserkanal und die toten Ratten vor sich. Blödsinn! beschimpfte er sich in Gedanken. Benny hat bestimmt auch Schiß. Er tut bloß so mutig. Das ist der ganze Trick. Wenn er...

Betty unterbrach die Grübelei ihres Bruders. »Schnell, kommt!« rief sie, »der Typ ist schon in dem Wolkenkratzer da vorn verschwunden!«

Die Bosse sitzen immer oben

Der »Wolkenkratzer« war ein Bürohochhaus von mehr als zwanzig Stockwerken. Er war ganz und gar mit schwarzem Marmor verkleidet und wirkte dadurch ungeheuer motzig. Ein verhältnismäßig kleines, in Kupfer gegossenes Schild rechts vom Eingang verriet, wer hier seinen

Sitz hatte: Die »London Chemistry«, einer der größten Chemiekonzerne Westeuropas.

»Da drinnen ist bestimmt 'n Pförtner!« vermutete Betty, als die drei, nach Atem ringend, vor der gläsernen Doppeltür des Verwaltungsgebäudes haltmachten.

»Mist!« fluchte Benny. An einem Krokodil vorbeizukommen, erschien ihm leichter, als einen neugierigen Türsteher zu überzeugen, daß sie unbedingt in den Marmorpalast eindringen müßten.

Buck spürte Bennys Unsicherheit und wurde vor freudiger Aufregung und Stolz ganze drei Zentimeter größer. Dem Pförtner mußte man nur die richtige Geschichte auftischen, das war alles! Für Benny mochte das ein unüberwindliches Hindernis sein, für ihn jedoch, für Buck Buff...

»Na los, worauf wartet ihr?« rief er seinen verdutzten Geschwistern herausfordernd zu und sprang die Stufen zum Eingang so stürmisch hinauf, daß den automatischen Türen kaum Zeit blieb, sich rechtzeitig auseinanderzuschieben.

Nach kurzem Zögern folgten ihm die Geschwister. Lord Jickledy hockte auf Bennys Schulter und imitierte mit kräftigem »Tschilptschilp« das Gelärme der Spatzen, die sich auf dem Trottoir vor dem Verwaltungsgebäude um eine noch halbvolle Tüte Pommes stritten.

Bevor der überraschte Pförtner auch nur den Mund aufmachen konnte, legte Buck los: »Ist unser Vater hier?« fragte er und gab dabei ein Keuchen von sich, als wäre er geradewegs von der Craven Road zum Kingsway gerannt.

»Euer Vater?« Was sollte der Mann darauf antworten?

»Ja«, sagte Buck, »so'n Typ... ich meine, er hat 'nen braunen Cordanzug an und 'nen Weinkanister in der Hand.«

»Ah der!« Der Pförtner wies zum Fahrstuhl am anderen Ende der Eingangshalle. »Der ist eben gerade nach oben gefahren.«

»Zu diesem ... diesem ... na – wie heißt er noch?«

Der Pförtner lachte: »Der Herr, den du meinst, heißt Sir Hillyard. Direktor Sir Lester Hillyard.«

»Ach ja«, beeilte sich Buck zu sagen, »klar, Hillyard.« Und während Lord Jickledy »Hillyard, Yard Yard Yard, Scotland Yard« krähte, fügte er eilig hinzu: »Zu dem wollen wir.«

Der Pförtner runzelte die Stirn. »Ins Direktionsbüro?«

»Jaja, klar. Direktor Hillyard ist nämlich Mitglied im Papageienclub ›Gelbe Feder‹ und ... oh, sorry, das hätte ich wohl lieber nicht verraten sollen!« stotterte Buck und tat so, als hätte er versehentlich ein Staatsgeheimnis gelüftet.

Der Pförtner lachte. »Soso, im Papageienclub ist der Chef!«

»Ja«, sagte Buck, »aber behalten Sie's besser für sich! Wenn unser Vater erfährt, das wir es ausgeplappert haben, kriegen wir Ärger!«

»Ehrensache!« versprach der Pförtner.

»Ja, also dann ...« sagte Buck und marschierte auf den Fahrstuhl los. »Lord Jickledy kann nämlich jetzt ... Aber das darf ich Ihnen nun wirklich nicht erzählen. Erst mal müssen Vater und Sir Hillyard es hören.«

»Na, dann führt den beiden mal die Künste eures Papageien vor!« rief der Pförtner und gab Betty und Benny mit einem Handzeichen zu verstehen: Bitte sehr, meine Herrschaften, nur hereinspaziert!

Buck hatte bereits den Fahrstuhlknopf gedrückt, als der freundliche Mann rief: »Wie heißt ihr eigentlich?«

Wie aus der Pistole geschossen kam die Antwort: »Buff, Buff, Buff!« Das waren sie so gewohnt, das war der

Supergag, mit dem die Drillinge schon so manchen neugierigen Frager verblüfft hatten.

Doch diesmal schien der Supergag ein Superflop zu werden. Der Pförtner ruderte nämlich wie aufgezogen mit den Armen und brüllte: »Wieso Buff? Wartet mal – euer Vater heißt doch Rushford! Halt, bleibt stehen!«

Schleunigst sprangen die Buff-Geschwister in den Fahrstuhl. Betty drückte den Knopf zum 23. Stockwerk und murmelte: »Wenn das nur gutgeht! Der ruft jetzt bestimmt bei diesem Sir Hillyard an.«

»Warum hast du denn ganz oben gedrückt?« fragte Buck, der im Stillen schon bereute, daß er wieder mal versucht hatte, die Geschwister mit seinem Talent im Geschichten-Erfinden zu beeindrucken.

»Die Bosse sitzen immer oben«, antwortete Betty und versuchte zu lächeln.

Benny war die Ruhe selbst. Jedenfalls wirkte er so. Er klopfte seinem Bruder auf die Schulter und sagte halb spöttisch, halb anerkennend: »Also, Buck, ehrlich, du solltest Politiker werden! Wie du spinnen kannst! Das war echt ungeheuer!«

Das Lob ging Buck runter wie Butter, den Spott hörte er gar nicht erst heraus. Aber Betty wiegte den Kopf und meinte: »Bloß das mit dem Vater. Da ist mir doch'n bißchen komisch geworden – wo Paps erst seit zwei Jahren tot ist.«

Benny stutzte einen Augenblick. Dann lachte er auf: »Na, Betty, Paps hat es doch wirklich faustdick hinter den Ohren gehabt! Der hätte sich über Bucks Idee nur so gekugelt, oder nicht?«

»Schon möglich«, räumte Betty ein, und so leise, daß ihre Brüder es nicht mehr verstanden, fügte sie hinzu: »Trotzdem!«

Im obersten Stockwerk angelangt, war es den dreien zu

riskant, mit Lord Jickledy durch die hallenden Gänge zu schleichen. Sein Geplapper würde selbst durch noch so dick gepolsterte Direktionstüren zu hören sein. Natürlich bot sich Buck sofort an, in einer Nische des Ganges mit dem Papagei zu warten, während seine Geschwister zum Büro von Sir Hillyard schleichen sollten. Benny war das ganz recht: Beim spannendsten Teil der Beschattungsaktion wollte er schließlich ganz dicht am Ball sein. Und obwohl auch Betty sich lieber am äußersten Ende des Ganges verkrochen hätte, sagte sie sich, daß es besser sei, in Bennys Nähe zu bleiben. Benny neigte zum Leichtsinn, und wenn sie bei ihm war, konnte sie ihn unter Umständen von einer unüberlegten Handlung zurückhalten. Also schlich sie an Bennys Seite auf die Reihe der Bürotüren zu, an denen unter silbern glänzenden Zimmernummern auf silbern umrahmten Schildern die Namen der Angestellten standen.

Eine unglaubliche Entdeckung

Bereits vor der zweiten Tür hielt Benny an und flüsterte: »Hier ist es: Sir Lester Hillyard, Anmeldung Zimmer 2302.«

»Sei mal still!« hauchte Betty. Sie hatte doch was gehört!

Benny begriff das als Aufforderung, einen Schritt nach vorn zu machen und das Ohr an die Tür zu legen.

Wenn jetzt jemand rauskommt! Das Blut pochte Betty in den Schläfen, und sie hatte nicht übel Lust, diesen menschenleeren Büro-Giganten auf dem allerschnellsten Wege zu verlassen. Menschenleer? Zwar wirkte der Flur wie ausgestorben, doch...

Benny winkte ihr aufgeregt zu: Komm! Leg das Ohr an die Tür! Schnell! Ohne weiter darüber nachzudenken, was sie tat, preßte nun auch Betty das Ohr an das kalte Furnier der Tür Nummer 2301.

Schon bei den ersten Worten, die sie zu hören bekam, brach ihr der Angstschweiß aus; ein kalter, unangenehmer Schweiß, der ihr den Pulli am Rücken kleben ließ, als hätte sie gerade einen Tausendmeterlauf hinter sich gebracht – und noch dreitausend Meter vor sich. Wie gelähmt stand Betty da, so leise wie möglich atmend und jedes Wort in sich aufsaugend, auch wenn es sie noch so sehr erschrak. Unwillkürlich griff sie nach Bennys Hand, die ebenso feucht war wie ihre; doch das merkte sie nicht.

Geängstigt und von Spannung gefesselt lauschten die Geschwister dem Gespräch der beiden Männer, das leise aber klar durch die Tür des Direktionsbüros drang:

»Sind Sie verrückt, hierher zu kommen, Rushford?« fragte Sir Hillyard den Mann mit dem Cordanzug, und seine Stimme klang hart und vorwurfsvoll und irgendwie auch ein bißchen erschrocken. »Wieso hat der Pförtner Sie überhaupt durchgelassen? Der Mann kann sich heute noch seine Papiere holen!«

»Na, na!« antwortete die Stimme, die Betty und Benny schon kannten. »Nicht so hart, Herr Direktor, nicht so hart! Andere Leute machen noch ganz andere Sachen!«, und in Gedanken sahen sie, wie der Mann dabei lächelte – so »freundlich« und falsch, wie er an der Haltestelle Kingsway gelächelt hatte.

»Werden Sie nicht unverschämt, Rushford!« fuhr der Direktor ihn an. »Was wollen Sie? – Und was haben Sie da überhaupt für einen Kanister?«

»Die stecken unter einer Decke!« hauchte Benny.

»Scht!« zischte Betty und drückte Bennys Hand so fest sie konnte.

Rushford lachte. »Wollen Sie mal riechen, Sir? Feinster französischer Rotwein!«

Wieder hatte Betty den Eindruck, als wäre Sir Hillyard erschrocken. »Was soll das?« fragte er. »Lassen Sie gefälligst den Kanister zu!«

Rushford schien das Gespräch Spaß zu machen. Ironisch fuhr er fort: »Ach, wissen Sie, Sir, ich hab mir gedacht, ich lasse Ihnen was hier von dem Weinchen, für den Fall, daß Sie mir meine Bitte abschlagen sollten.«

Jetzt war es nicht mehr zu überhören: Der Direktor hatte Angst. »Aber das ist ja...! Das ist ja...!« stammelte er. »Sind Sie denn verrückt, Rushford? Machen Sie sofort den Kanister zu!«

Benny nahm das Ohr von der Tür. »Das ist doch kein Wein«, zischte er, »das ist...«

Betty wurde vor Aufregung übel. Sie schüttelte nur den Kopf und preßte die Lippen zusammen: Um Himmels Willen, sei jetzt still, Benny!

Drinnen schlug Rushford einen Ton an, der selbst Benny frösteln ließ.

»Wer wird denn«, sagte er, »wer wird denn bei einem halben Literchen dieser edlen Flüssigkeit gleich nervös werden, Herr Direktor? In Ihrer Fabrik wird doch tagtäglich fünfmal soviel hergestellt.«

Sir Hillyard schien sich zu fangen. Er ging zum Gegenangriff über. »Hergestellt!« fauchte er. »Reden Sie doch keinen Unsinn, Mann! Sie wissen genau, daß das Gift ein Abfallprodukt bei der Produktion ist!«

Jetzt konnte Betty selbst nicht mehr den Mund halten. »Gift!« hauchte sie und rückte näher an Benny heran.

Rushford zeigte sich von dem Ausbruch Sir Hillyards unbeeindruckt. Cool fuhr er fort: »Ein Abfallprodukt, das Sie loswerden wollen, klar doch.«

Der Direktor wurde zusehends wütender. Wütender

2301
2302

und selbstsicherer: »Was soll das Geschwätz, Rushford? Natürlich wollen wir die Chemikalie loswerden. Dafür bezahlen wir Sie schließlich. Also, was wollen Sie?«

Rushford antwortete so leise, daß Betty und Benny Mühe hatten, seine Worte zu verstehen. Doch die Drohung, die er ausstieß, war so wenig zu überhören, als hätte er sie lauthals herausgebrüllt. »Ich hoffe, Sie haben Verständnis für meine Lage, Sir. *Sie* macht schon ein halber Liter nervös. Aber wie würden Sie sich fühlen, wenn Sie 100 Liter davon im Keller hätten?«

Sir Hillyards Selbstsicherheit verflog ebenso schnell, wie sie aufgeblitzt war: »100 Liter?« fragte er hastig. »Was soll das heißen?«

Rushford lachte: »Das, was es heißt: 100 Liter im Keller!«

»Sie wollen doch nicht behaupten, daß Sie das Gift bei sich im Keller...« Sir Hillyard blieben die Worte im Halse stecken.

»Doch, Sir, genau das will ich«, kicherte Rushford, »genau das!« Er schien sich köstlich zu amüsieren.

»Sind Sie wahnsinnig, Mann?« stotterte der Direktor. »Wissen Sie denn nicht, daß es kaum etwas Giftigeres gibt als... Das ist doch... das ist doch nicht zu fassen! Wenn die 100 Liter auslaufen – ach, was sag ich 100 Liter? 40, 50 Liter, die Hälfte reicht schon aus, um das Grundwasser im Umkreis von mehreren Meilen zu vergiften! Und wenn das Zeug in diesen Mengen in die Kanalisation geriete! Die Folgen sind nicht auszumalen! Dafür gibt es in den Klärwerken überhaupt keine Filter! Das Trinkwasser würde vergiftet! Das wäre... Das würde Tote geben!«

Als müsse sie sich festhalten, um nicht fortzurennen, klammerte sich Betty an die Hand ihres Bruders. In dem kurzen Schweigen, das nun folgte, hörte sie ihren Pulsschlag in den Schläfen hämmern. Das ist nur ein Traum, dachte sie. Ein böser Traum. Gleich wache ich auf, und alles ist vorbei. Doch schon hörte sie wieder Sir Hillyards Stimme, deren unerwartete Schärfe sie erschrak.

»Mr. Rushford«, zischte der Direktor, »damit das ein für allemal klar ist: Mit dieser Sache habe ich nichts zu tun, aber auch gar nichts! Unsere Abmachung war eindeutig: Sie bringen das Gift nach Schottland in den Stollen Ihres Schwagers, und wir zahlen Ihnen dafür eine angemessene Summe.«

Nun wurde Rushford laut. »Ha, mein Schwager!« schrie er, »daß ich nicht lache! Haben Sie sich jemals davon überzeugt, ob mein Schwager überhaupt einen Bergwerksstollen besitzt? Und wenn er einen besitzt, haben Sie sich dann jemals darüber informiert, ob dieser Stollen für die Lagerung Ihres Giftes geeignet ist? Haben Sie das, Sir? Und – nicht zu vergessen – haben Sie sich jemals erkundigt, ob ich überhaupt einen Schwager habe?« Er lachte wie wahnsinnig auf und schien im Direktionsbüro auf und ab zu rennen.

Sir Hillyard antwortete ihm kurz und bündig und mit eisiger Kälte: »Ihr Schwager ist nicht mein Problem. Meine Abmachungen habe ich mit Ihnen getroffen.«

»Sicher, sicher!« Da war wieder dieses irre Lachen, das Betty und Benny kalte Schauer über den Rücken jagte. »Und es ist auch nicht Ihr Problem, wenn Scotland Yard Lunte riecht, weil langsam ein bißchen viel tote Ratten durch Londons Abwasserkanäle schwimmen, Sir. Und ganz allein mein Problem ist es auch, daß ich mich aufgrund der miesen Bezahlung für meine Dienste leider gezwungen sehe, das Zeug – genau wie gestern und heute – auch in Zukunft in einen bestimmten Gulli zu kippen, anstatt mich um einen – haha, es ist wirklich zu komisch, Sir, zu komisch – um einen *Stollen* zu kümmern. Mein Keller ist nämlich inzwischen voll, jawohl, Herr Direktor, voll! Und außerdem wollte ich schon immer mal was für ganz London tun...«

Die Schritte stoppten. Obwohl sie die Szene nicht beobachten konnten, wußten Betty und Benny: Jetzt ist er vor Sir Hillyard stehengeblieben. Jetzt sehen sie sich an – haßerfüllt und lauernd.

Bevor der Direktor antworten konnte, sprach Rushford aus, worauf Benny schon gewartet hatte. Man hörte es seinen Worten an: Er lächelte, als er seine Erpressung formulierte: »Was meinen Sie, Sir, wollen Sie nicht doch lieber ganz schnell etwas für mich tun, bevor ich mich dazu entschließe, diese Stadt mit Ihrer Chemikalie zu verseuchen? Zwei, drei Milliönchen würden mir schon reichen.« Und als Sir Hillyard schwieg, fügte er drohend hinzu: »Habe ich mich deutlich genug ausgedrückt, Herr Direktor? Oder soll ich Ihnen das halbe Literchen hier lassen, um Ihrem Verstand ein wenig nachzuhelfen?«

Betty war wie benommen. Als hätte ihr jemand mit der Faust gegen die Stirn geschlagen, stand sie da, die Schulter gegen den Türrahmen gelehnt. Verzweiflung im Blick: Mein Gott, was sollen wir bloß tun? Der Kerl schreckt vor nichts zurück...

Dann hörte sie Lord Jickledys Flügelschlag. Sie zuckte zwar zusammen, doch gleichzeitig spürte sie, wie die Anwesenheit des Papageis sie belebte, wie der Schreck über sein Auftauchen sie aus ihrer hilflosen Erstarrung riß, sie handeln ließ.

»Jickledy!« zischte sie. »Was willst du denn...« Weiter kam sie nicht. Mit seiner lautesten Fistelstimme wies der vorlaute Vogel Betty darauf hin, daß sie wieder einmal in unzulässiger Weise seinen Namen verkürzt hatte: »Lord!« schrie er durch den hallenden Gang, daß es nur so in den Ohren schrillte. »Lord! Lord! Lord Jickledy, bitte sehr! Lord! Lord!«

Die rettende Idee

Betty und Benny überlegten keine Sekunde. Sie stürmten los und – rannten beinahe Buck über den Haufen, der auf Zehenspitzen und mit hochrotem Kopf hinter dem Papagei hergeschlichen kam. Bevor er sich für seine Unachtsamkeit entschuldigen konnte, packte Benny ihn in vollem Lauf am Pulli, rief »Los, die Treppe runter! Schnell!« und riß ihn mit sich, an der verschlossenen Fahrstuhltür vorbei. Sie hörten gerade noch, wie Rushford ihnen nachbrüllte: »Halt! Stehenbleiben! Stehenbleiben, sag ich!«

Doch die drei dachten nicht daran, Folge zu leisten! Sie stürmten, so schnell sie konnten, Stockwerk um Stockwerk hinab, um erst kurz vor der ersten Etage Halt zu machen.

»Stop! Benny, nun warte doch!« rief Betty, nach Atem ringend, ihrem Bruder zu, der bereits einen halben Treppenabsatz voraus war. »Rushford hat sich bestimmt den Fahrstuhl raufgeholt und ist inzwischen schon unten in der Halle.«

»Mist!« Daran hatte Benny nicht gedacht. Was nun?

Buck hatte Angst. Er wußte zwar nicht, was eigentlich los war. Aber so Hals über Kopf flüchtend hatte er seine Geschwister selten erlebt.

Trotzdem rannte er weiter die Treppe hinab, als hätte er Bettys Einwand nicht wahrgenommen.

»Buck! Bleib stehen, Buck! Bist du verrückt, der Kanistertyp...« Buck schien nichts zu hören und nichts zu sehen. Er sauste an Benny vorbei und war bereits auf der Treppe ins Erdgeschoß, als die Geschwister ihn einholten.

Sie sahen ihre Befürchtungen bestätigt: Rushford stand mit dem Pförtner vor der Eingangstür und versperrte den Fluchtweg. Doch damit nicht genug! Der Gangster winkte ihnen auch noch zu und rief: »Ah, da sind ja meine Kinder. Sie wollten unbedingt die 22 Treppen runterlaufen. So, dann kommt mal, Mutter wartet schon mit dem Abendessen auf uns!« Er hatte doch tatsächlich dieselbe Idee wie Buck!

Doch Buck schien das gerade recht zu sein. Er schüttelte Bennys Hand ab, die ihn am Ärmel festzuhalten versuchte und hüpfte wie ein kleiner, vergnügter Junge die letzten Stufen zur Empfangshalle hinab.

Betty wußte nicht, was sie machen sollte. Wie konnte Buck die Situation nur so falsch einschätzen? Auch wenn er das Gespräch nicht mit angehört hatte, er mußte doch spüren, daß ... »Hallo Paps!« rief Buck dem Gangster zu.

Rushford zog unmerklich die Augenbrauen zusammen: ›Paps? Was hat das zu bedeuten?‹

Buck strahlte über alle vier Backen. »Du sollst noch mal zu Sir Hillyard raufkommen«, trompetete er und wies dabei zum Fahrstuhl. »Er wartet oben am Lift auf dich. Ich glaub, er will dir noch irgendwas sagen oder geben. Wir warten derweil draußen.«

Und während Rushford nichts anderes übrig blieb, als sich zähneknirschend in den Fahrstuhl zu trollen, um wenigstens eine Station nach oben zu fahren, winkte Buck seinen verdatterten Geschwistern fröhlich zu und stiefelte mit einem noch fröhlicheren »Auf Wiedersehen, Sir« am Pförtner vorbei.

Betty hatte weiche Knie, als sie endlich zwischen ihren Brüdern auf dem Gehsteig stand. Sie fiel Buck um den Hals und drückte ihm einen lauten Schmatzer auf die Wange.

»Die Geistesarbeiter unter sich«, murmelte Benny und mimte die beleidigte Leberwurst. »Und wer küßt mich?«

»Ich!« lachte Betty und warf »Bruder Tarzan« einen Handkuß zu. »Aber erst, wenn du demnächst vom Turm der St. Paul's Cathedral springst und uns dabei schützend in den Armen hältst.«

»Nun quatscht doch keine Opern!« drängte Buck, dem es ganz und gar nicht paßte, daß Benny sich schon wieder in den Vordergrund spielte. »Jede Sekunde kann der Kanistertyp hier auftauchen! Wir müssen schnellstens Onkel Mac anrufen!«

»Onkel Mac?« riefen Betty und Benny wie aus einem Munde, während sie Buck über die Straße folgten. Nein, Onkel Mac konnten sie nun wirklich nicht anrufen! Es war nicht auszudenken, was passierte, wenn sie die Spur des Umweltgangsters verlören! Denn damit, daß Onkel Mac sich um den Direktor kümmerte, war überhaupt nichts gewonnen. Er würde selbstverständlich alles abstreiten, und der Pförtner hatte den Namen Rushford bestimmt *noch nie* gehört.

Aber das konnte Buck ja nicht wissen. Also bat Betty ihn, ohne weitere Fragen zu stellen, sich ihr und Benny anzuschließen und Rushford weiter zu beschatten. Wenn sie Glück hatten, würde der Gangster sie schnurstracks zum Giftkeller führen.

Und falls er sie doch entdeckte? Nun, dann wäre nicht mehr verloren, als wenn sie die Verfolgung gleich aufgäben. So hatten sie wenigstens noch eine Chance, auch wenn sie kaum daran zu glauben wagten.

100 Liter Gift

Während die Drillinge ihn durch die Schaufenster einer Einkaufspassage beobachteten, verließ Rushford das Chemie-Hochhaus und marschierte – ohne nach rechts und links zu sehen – zum U-Bahnhof Kingsway.

Es war ein Kinderspiel für die drei Hobbydetektive, ihm zu folgen. Ja, sie schafften es sogar, sich in den nachfolgenden Wagen zu setzen, als der Gangster – stur vor sich hinstierend – in den U-Bahn-Zug eingestiegen war.

Sie machten sich so klein wie möglich und ließen kein Auge von dem unheimlichen »Irren«, in dessen Macht es lag, Tausende von ahnungslosen Londonern über Nacht zu vergiften. Was war das nur für ein Mensch? Und dieser Sir Hillyard! War er nicht mindestens genauso skrupellos und gefährlich und ebenso schuldig wie der wahnsinnige »Kanistertyp«? Denn der konnte doch nur deshalb seine düsteren Pläne ausbrüten und hochgiftige Chemieabfälle in Londons Abwasserkanäle schütten, weil der »Herr Direktor« das Geld für eine Filteranlage sparen wollte!

Diese Gedanken beschäftigten die drei so sehr, daß sie sich – ganz entgegen ihrer Gewohnheit – über die kriminalistische Seite des Falles überhaupt keine Gedanken machten. Sie fragten sich nicht, warum der Pförtner dem Direktor Rushfords Ankunft verschwiegen hatte. Und ebensowenig wunderte es sie, daß er auch dann nicht bei seinem »Chef« angerufen hatte, als sie sich mit »Buff, Buff, Buff« vorgestellt und – nachdem er sie aufzuhalten versucht hatte – in den 23. Stock hinaufgefahren waren.

»Davies Street«, schnarrte der Lautsprecher. Rushford stand auf und ging zur Tür. Die U-Bahn hielt, Rushford stieg aus, fuhr mit der Rolltreppe zur Davies Street hinauf, folgte der Davies Street in südlicher Richtung, überquerte die Grosvenor Street, bog in die Bruton Street ein. Vorbei an Code 79, 98, 110 – alles ohne sich umzublicken. Dann verschwand er in einem Hinterhof.

»Wir müssen herausfinden, wo dieses scheußliche Gift lagert.«

Nur darum kreisten die Gedanken der drei, als sie dem

Gangster auf den Hinterhof nachschlichen. »Ob hier der Keller ist?« – fragten sie sich, als schiene es sie nicht im geringsten zu interessieren, wo Rushford verschwunden sein könnte und hinter welcher Tür er vielleicht auf sie lauerte.

So stolperten sie – nicht aus Leichtsinn, sondern aus Sorge um die Menschen, die Rushford mit seiner wahnsinnigen Ankündigung bedrohte – in den fensterlosen, baufälligen Schuppen, der windschief an der gegenüberliegenden Hauswand lehnte.

Benny zog die knarrende Tür hinter sich zu, tastete an der Wand nach einem Lichtschalter und – schrie auf. Wo er den Schalter vermutet hatte, berührte er den haarigen Rücken einer Männerhand, die sich blitzschnell umdrehte und ihn mit einem harten Griff am Unterarm packte. Gleichzeitig ging das Licht an und – Rushford stand vor ihnen.

»Ihr glaubt wohl, ich bin von gestern, was«, kicherte er, um unmittelbar darauf im Befehlston zu zischen: »Los, rüber zur Kellertreppe!«

Betty zitterten die Knie. Laß das den Typ bloß nicht merken! Hör auf, so blöd zu zittern! Wir kommen hier schon wieder raus! rief sie sich im Stillen zu, um sich Mut zu machen. Doch es half alles nichts.

»Na, was ist? Wird's bald?« fauchte Rushford, als die Kinder wie versteinert stehenblieben.

Benny bewegte sich als erster. Er warf trotzig den Kopf in den Nacken und sagte, so laut und deutlich er eben konnte: »Ich denk ja gar nicht dran! Ich...«

»Schnauze!« fuhr ihn der Gangster an und hielt ihm den Kanister unter die Nase, den er immer noch in der Hand hielt. »Du weißt genau, was hier drin ist. Ein Wort noch, und ich schütte es deiner reizenden Schwester auf die Zehenspitzen! Los, vorwärts!«

Benny preßte die Lippen zusammen und ging mit gesenktem Kopf zur Kellertreppe hinüber. Betty und Buck folgten ihm. Betty weinte. Jetzt konnte sie nur noch ein Wunder retten!

Als hätte Lord Jickledy die Gedanken der Kinder erraten, spielte er mit einem Mal verrückt. Er flatterte torkelnd durch das Gerümpel, das wahllos im Schuppen herumlag und schrie pausenlos: »Vorwärts, vorwärts, rückwärts, seitwärts. Achtung, Achtung, Hände hoch! Scotland Yard, peng-peng!«

Rushford versuchte ihn zu fangen, erwischte ihn aber nicht.

»Hihihi!« kreischte der Papagei. »Fang mich doch! Ätsche-bätsch! Peng–peng–peng! Hände hoch!«

Der Umweltgangster geriet zusehends aus der Fassung. »Scheiß Vieh!« schimpfte er und riß die Tür auf. »Hau ab! Los, hau ab! Raus mit dir!«

Betty wischte sich die Tränen aus den Augen. Vielleicht war das ihre letzte Chance: Wenn Jickledy frei war, konnte er Hilfe holen! Es wäre nicht das erste Mal, daß er... Aber was machte der verrückte Vogel? Er flog eine Schleife und setzte sich im entferntesten Winkel des Schuppens auf einen Schaufelstiel, als wollte er sagen: Mit mir nicht, mein Freund! Ich bleib wo ich bin, verstanden?

Rushford hob ein herumliegendes Brikett auf und warf es nach dem Papagei. Doch der flog rechtzeitig auf und kreischte von neuem »Peng-Peng! Hände hoch! Scotland Yard!«

Wieder versuchte Rushford ihn im Flug zu erwischen. Wieder griff er ins Leere.

Noch stand die Tür offen! Noch könnte Jickledy...

»Flieg, Jickledy! Flieg! Hau ab! Hol Hilfe!« schrie mit einem Mal Buck.

Jickledy stand einen Augenblick flügelschlagend in der Luft, als überlegte er, was er von Bucks Ausruf halten solle. Dann kreischte er in den höchsten Tönen »*Lord* Jickledy! Lord! Lord! Hilfe! Hilfe!« und flog durch den Türspalt hinaus.

»Ja, ja, hol nur Hilfe! Flieg zum Premierminister, zur Königin, zum Papst! Aber laß dich hier nicht mehr blikken!« rief Rushford dem Papageien nach und verfiel gleich darauf wieder in sein irres Kichern.

Betty warf ihrem ideenreichen Drillingsbruder einen dankbaren Blick zu: Wenn wir hier jemals lebend rauskommen, dann ist das dein Verdienst! Vielleicht findet Jickledy ja den Weg in die Craven Road: Vielleicht!

Die »wundersame« Rettung

Die Hoffnung der Kinder sollte schon Sekunden später bitter enttäuscht werden. Denn bevor Rushford die Tür wieder schließen konnte, kam Lord Jickledy schon zurück.

»Bist du noch nicht weg, dämlicher Vogel?« schimpfte der Gangster und sah sich nach einem neuen Wurfgeschoß um.

Jickledy flog eine Runde und krakehlte: »Vogel, Vogel, selber Vogel. Weg, weg – Mac, Mac – Scotland Yard.«

Mac? Wie kam Lord Jickledy jetzt auf »Mac«? Betty starrte unwillkürlich auf den Türspalt, als wollte sie ihren Onkel telepathisch beschwören: Bitte, bitte, Onkel Mac, hol uns hier raus!

Als die Schuppentür tatsächlich laut ächzend aufschwang, hätte Betty vor Freude beinahe laut geschrien – beinahe, denn der Freudenschrei blieb ihr im Halse stekken. Nicht Onkel Mac, sondern der Pförtner der »London Chemistry« steckte den Kopf zur Tür herein!

Jetzt ist alles aus! dachte Betty. Jetzt sind sie zu zweit. Der Pförtner ist Rushfords Komplize.

Doch was war das? Rushford fuhr seinen vermeintlichen Komplizen barsch an: »Was wollen Sie hier, Mann?«

Der Pförtner lächelte schüchtern und stotterte: »Sir Hillyard möchte Sie noch mal sprechen, Sir. Und zwar... gleich, wenn's geht.«

Rushford explodierte: »So, möchte er? Und warum sagt er mir das nicht selbst? Er glaubt wohl, er kann mit mir umspringen, wie es ihm paßt! Aber da hat er sich geschnitten! Gewaltig geschnitten! Los, Mann, hau ab und sag das deinem Direktor! Entweder die Sache läuft ab sofort nach meinen Bedingungen, oder hier läuft bald was anderes, was ganz anderes – und zwar durch Londons Straßen! Los, hau ab!« Er schüttelte den Kanister hektisch hin und her und wies mit der anderen Hand zur Tür: »Raus hier, aber 'n bißchen plötzlich!«

Der Pförtner blieb seltsam ruhig. Langsam und ganz ohne zu stottern sagte er: »Der Direktor hat mir aufgetragen: Für den Fall, daß Sie ihn nicht aufsuchen wollen, soll ich mir ansehen, wieviel Wein bei Ihnen lagert. Er will ihn dann abholen lassen.«

Rushford wurde noch wütender: »So, will er das! Dein Direktor kann mich mal, Freundchen! Das Zeug da unten im Keller ist nämlich Gold wert, solange ich es in der Hand hab. Gold wert für mich, mein Freund, ist das klar? So, und jetzt mach 'ne Mücke, bevor ich mich vergesse!«

»Sie werden überhaupt nichts vergessen!« sagte Onkel Mac, der wie aus dem Erdboden gewachsen in der Tür stand und langsam mit ausgestrecktem Arm auf den Gangster zuging. »Geben Sie mir das Gift, Rushford! Im Yard ist es besser aufgehoben als bei Ihnen!«

Während Betty, Benny und Buck wie aus einem Munde begeistert »Onkel Mac!« schrien, tauchten auch noch Granny und Judy auf der Bildfläche auf!

»Granny! Judy!« Die Drillinge waren vor Freude ganz aus dem Häuschen.

Doch noch war die Gefahr nicht vorbei. Rushford wich vor Onkel Mac zurück und schraubte dabei mit fliegenden Fingern den Kanister auf.

»Lassen Sie den Unsinn, Rushford! Geben Sie das Zeug her!« befahl Onkel Mac.

Der Gangster wirkte verzweifelt. Wie ein gejagtes Tier stand er in der Ecke des Schuppens, senkte den Kanister und schrie: »Bleiben Sie, wo Sie sind! Bleiben Sie stehen, oder ich schütte das Zeug aus! Hier im Schuppen!«

»Jetzt schlägt's aber dreizehn!« tobte Onkel Mac. »Lassen Sie den Unsinn!«

Betty konnte vor Aufregung und Angst kaum sprechen. Trotzdem nahm sie alle Kraft zusammen und rief: »Das ist kein Unsinn, Onkel Mac! Der spaßt nicht! Der ist nämlich ge...«

Rushford kicherte. »Sprich's ruhig aus! Sprich's ruhig aus! ›Gestört‹, wolltest du sagen, nicht wahr? Jawohl, ich bin ›gestört‹. Fast so gestört wie der Herr Direktor, Sir Lester Hillyard, und seine ganze Chemikerbande. Aber nur fast so gestört! Doch das reicht immerhin, um...«

Er hielt den Kanister noch schräger. Gleich mußte das Gift auslaufen.

»Zum Kuckuck!« brüllte Onkel Mac. »Hören Sie auf, Rushford! Was wollen Sie von uns?«

Rushfords Stimme überschlug sich: »Ich will, daß ihr das allen sagt. Allen, ist das klar? Ganz London, ganz England, der ganzen Welt! Die Kranken sitzen da oben! In den Glaspalästen! In den Wolkenkratzern! In den Direktionsetagen! Allen sollt ihr das sagen, ist das klar?«

Onkel Mac holte tief Luft: »Ja, das ist klar! Und wie soll...«

Weiter kam er nicht. Judy hatte sich neben ihn gestellt und wandte sich an den vor Anspannung zitternden Rushford: »Ich bin Journalistin«, sagte sie. »Und ich verspreche Ihnen: Was Sie eben gesagt haben, steht morgen in einer der größten Londoner Zeitungen.«

»In einer?« keuchte Rushford. »In allen Zeitungen soll es stehen! In allen! Ist das klar?«

»Ja«, sagte Onkel Mac, »in allen, das ist klar. Sind Sie nun bereit, mit uns zu kommen, Mr. Rushford?«

Rushford lachte. »Ha, bin ich verrückt? Nein, Herr Inspektor, so leicht kriegen Sie mich nicht! Die Kinder bleiben hier! Erst wenn es morgen in allen Zeitungen steht, daß Direktor Sir Lester Hillyard der einzig wirklich kranke Verbrecher ist, der in London City frei herumläuft und Ratten und Menschen und alles umbringt, dann können Sie die Kinder hier abholen. Wenn nicht – denken Sie an die Ratten!«

Als hätten sie alle drei den gleichen rettenden Gedanken, sahen Betty, Benny und Buck beinahe flehendlich zu ihrer Großmutter hinüber. Granny ging freundlich lächelnd auf Rushford zu und sagte mit einer Selbstverständlichkeit, die keinen Widerspruch duldete: »Darf ich dann bitte sehr auch hierbleiben, Mr. Rushford?«

Rushford war verwirrt. »Sie? Wieso?«

»Na«, sagte Granny und legte Buck, der dem Gangster am nächsten stand, die Hand auf die Schulter, »jemand muß doch solange für das leibliche Wohl der Kinder sorgen. Und Sie könnten auch mal ein anständiges Abendessen vertragen, wie mir scheint.«

»Na gut«, murmelte Rushford, »die Oma bleibt auch hier!« Dann zog er den Kopf zwischen die Schultern, schüttelte den Kanister so heftig, daß ein, zwei Giftspritzer auf dem Fußboden landeten und brüllte: »Und ihr anderen zieht ab, und zwar sofort!«

»Kommen Sie, Baxter!« knurrte Onkel Mac und ging nach draußen.

Baxter? Die Drillinge horchten auf. Den Namen kannten sie doch: Kriminalassistent Baxter von Scotland Yard! Der Pförtner war niemand anderes als Onkel Macs Mitarbeiter!

Nur Judy rührte sich nicht vom Fleck. Granny gab ihr einen leichten Schups: »Ihr anderen zieht ab! Das gilt auch für dich, Judy!« Sie zwinkerte ihr heimlich zu. »Ich werde schon für das leibliche Wohl der Kinder und des Herrn hier sorgen!«

»Ich hoffe, du weißt, was du tust«, flüsterte Judy und folgte Onkel Mac und Baxter kopfschüttelnd in den Hof.

Kaum war die Tür hinter ihr ins Schloß gefallen, zischte Rushford: »Los, ab mit euch in den Keller! Ich muß nachdenken. Eure Visagen lenken mich ab!«

Granny verzog das Gesicht, als täte ihr etwas weh, beugte den Oberkörper leicht vor, faßte sich an die Hüfte und stöhnte: »Au, mein Ischias! Sind Sie so nett, Mr. Rushford, und reichen mir mal Ihren Arm!«

»Besser, du gehst zu den andern, Omi«, brummte der Gangster. Granny richtete sich scheinbar mühevoll auf und sah ihm in die Augen. »Das kommt überhaupt nicht in Frage! Ich bin hier, und ich bleibe hier! So, und jetzt stützen Sie mich, damit ich heil diese verfluchte Treppe runterkomme.«

Rushford gehorchte. Er streckte den Arm aus und faßte Granny unter. Betty hielt die Luft an: Würde Granny jetzt...

Ja! Ehe Rushford sich's versah, hatte sie mit der Rechten sein Handgelenk und mit der Linken seinen Ellenbogen gepackt. Es folgten ein Ausfallschritt, der auch einer zwanzigjährigen Judokämpferin nicht schneller und kraftvoller gelungen wäre und eine halbe Körperdrehung.

Rushford ächzte und jaulte gequält durch die zusammengepreßten Kiefer. Sein Kinn lag schließlich, eingekeilt wie im Schraubstock, fest zwischen Grannys rechtem Knie und linkem Ellenbogen!

»Laß los, du Hexe, laß los!«

Granny beachtete ihn gar nicht. Sie hatte andere Sorgen. »Benny, schnell, der Kanister!« rief sie, und schon war Benny mit zwei großen Schritten bei dem Giftbehälter und schraubte ihn zu.

Bevor Betty Luft holen konnte, um Onkel Mac zu holen, wurde die Tür auch schon schwungvoll aufgestoßen, und Kriminalinspektor Mac Macintosh stürmte zum zweiten Mal in den Schuppen. Auf diesen Augenblick hatte er – am Schlüsselloch lauernd – gewartet. Denn daß Granny versuchen würde, Rushford außer Gefecht zu setzen, war ihm klar gewesen. Schließlich war sie nicht umsonst die Vorsitzende und Cheftrainerin des Seniorenclubs »Kungfu«!

Onkel Mac zog die Handschellen aus der Jackentasche, um den Umweltgangster dingfest zu machen.

Doch Judy hielt ihn zurück: »Moment, Mac!« Sie wühlte in ihrer überdimensionalen Handtasche, zauberte eine winzige Hochleistungskamera hervor und ließ die triste Schuppenlandschaft gleich fünfmal hintereinander im grellen Licht des eingebauten Blitzgeräts erstrahlen. Dabei kündigte sie dem zähneknirschenden Rushford freudestrahlend an: »›Rentnerin überwältigt den Schrekken von London!‹ Das prangt morgen von den Titelseiten sämtlicher Londoner Tageszeitungen. Darauf können Sie Gift nehmen, Sir!«

»Gift nehmen?« lachte Granny. »Lieber nicht, denk an die Ratten, Judy!«

Bei Rasputins Sommersocken

»Bei Rasputins Sommersocken!« fluchte Onkel Mac und drohte dabei furchterregend mit dem Finger. Sie saßen – »ausnahmsweise«, wie Onkel Mac bei solchen Gelegenheiten zu sagen pflegte – alle sieben in seinem Dienstwagen: Granny, Judy, Onkel Mac, die Drillinge und Lord Jickledy, und fuhren »Richtung Heimat«. Baxter brachte Rushford in den Yard. Anschließend sollte er sich von Richter Stanley einen Haftbefehl auf den Namen Sir Lester Hillyard ausstellen lassen und den Chemie-Manager festnehmen. Die Umweltschutztruppe der Londoner City-Polizei war längst über Funk benachrichtigt, um die Giftfässer abzutransportieren. Alles war »in Butter« – und trotzdem schimpfte Onkel Mac, was das Zeug hielt: »Bei Rasputins Sommersocken! Ihr meintet also wieder mal, euch in die Angelegenheiten von Scotland Yard einmischen zu müssen!« Und als Benny ihm zu widersprechen versuchte, polterte er erst richtig los: »Zum Donnerwetter noch mal, jetzt rede ich! Ihr habt euch nicht nur in eine absolut geheime Untersuchung eingemischt, sondern euch auch noch in Lebensgefahr gebracht! Wenn Buck auch nur fünf Minuten später in den Kanal gefallen wäre, hätte er sich in der Giftbrühe lebensgefährlich verletzt!«

Buck staunte nicht schlecht. »Woher weißt du denn, daß...« wollte er seinen Onkel fragen, doch der war gleich wieder auf Hundertachtzig: »Woher ich das weiß? Ja das ist doch zum...«

»Mäusemelken! Mäusemelken!« krächzte Lord Jickledy, der Onkel Macs Sprüche im Schlaf hersagen konnte.

»Jawohl: zum Mäusemelken!« bestätigte der aufgebrachte Inspektor. »Glaubt ihr denn, euer Onkel ist verkalkt, oder was? Meint ihr, ich arbeite als Parkplatzwächter bei Scotland Yard? Ich habe das mit dem angeblichen

Klassenkameraden in dem Dorf bei Watford natürlich überprüft. Und da es in eurer Klasse weder einen Jo Winter gibt, noch einen Schüler, der in der Nähe von Watford wohnt, habe ich eins und eins zusammengezählt, weiter nichts! Jauchegrube – ha, daß ich nicht lache!«

Das Gewitter war vorbei. Nach einer kurzen Pause fragte Onkel Mac in aller Ruhe und Nettigkeit: »Habt ihr euch denn nicht denken können, daß wir kurz davor waren, Rushford und Sir Hillyard festzunehmen?«

Betty antwortete mit einer Gegenfrage: »Aber warum habt ihr dann den Gulli nicht überwacht?«

Onkel Mac kratzte sich hinterm Ohr und nickte anerkennend: »Gar nicht so dumm, die Frage, gar nicht so dumm.« Dann fixierte er im Innenspiegel Judy und sagte mit dem breitesten Grinsen nördlich des Äquators: »Den Gulli haben wir nicht überwacht, weil wir eine sogenannte todsichere Information hatten, daß dort erst morgen wieder Gift reingeschüttet würde.«

Judy fühlte sich angesprochen. »Todsichere Information – du brauchst das gar nicht so blöd zu betonen, Mac Macintosh!« schimpfte sie. »Erstens habe ich dir den Informanten, auf den du hier ja wohl anspielst, bereits vor vier Wochen besorgt, und zwar ohne zu ahnen, wozu du ihn wirklich brauchtest. Und zweitens war der Mann bislang absolut zuverlässig. Anstatt dich dafür zu bedanken, daß du auf diese Weise schon letzten Monat die Bestätigung gekriegt hast, daß Baxter genau an der richtigen Stelle eingeschleust wurde, machst du hier noch dumme Sprüche!«

Wieder einmal mußte Granny »Feuerwehr« spielen: »Nun streitet euch doch nicht, Kinder!« besänftigte sie die beiden. »Wir sollten uns lieber freuen, daß alles noch so glimpflich abgegangen ist. Und schließlich konntest du den Leuten jetzt noch einen Tag eher das Handwerk legen, Mac. Was natürlich nicht heißen soll, daß ich den Wage... ich meine den Leichtsinn der Kinder gutheiße!«

Wagemut? Hatte Granny »Wagemut« sagen wollen? Die Drillinge hatten den Versprecher schneller registriert, als Granny sich verbessern konnte. Sie waren Onkel Mac noch eine Antwort schuldig. Jetzt schien der richtige Augenblick dafür zu sein!

»Einen Tag eher?« legte Betty los. »So wie Rushford sich in die Sache mit Sir Hillyard verrannt hat, wäre er morgen bestimmt nicht wieder zum Gulli gegangen. Ja, vielleicht hätte er überhaupt damit aufgehört, das Gift ins Abwasser zu kippen – jedenfalls vorerst. Und was dann? Auch wenn ihr Baxter bei der London Chemistry eingeschleust hattet, Beweise für Sir Hillyards Schuld hattet ihr noch keine, oder?«

Onkel Mac schwieg. Was hätte er auch sagen sollen! Betty hatte recht: Es lag durchaus nahe, daß der Umweltgangster einen zweiten Erpressungsversuch gestartet hätte und – wenn Sir Hillyard hart geblieben wäre – mit seiner Drohung ernst gemacht und den hochgiftigen Inhalt der Kanister auf die Straße gekippt hätte!

Die Drillinge nutzten Onkel Macs Schweigen, um zu erzählen, was sie herausgefunden hatten.

Insgeheim war Onkel Mac jetzt durchaus nicht mehr so verärgert über ihre Einmischung. Vielleicht hatten sie mit ihrem Scotland-Yard-Spielen tatsächlich eine Katastrophe verhindert! Also war er letztendlich recht guter Laune, als er den überladenen Dienstwagen am späten Abend in der Craven Road parkte. Und während Granny noch ein paar Brote machte und Judy in Bettys Zimmer ihren Zeitungsartikel schrieb, beantwortete er den drei Nachwuchsdetektiven bereitwillig und in aufgeräumter Stimmung die letzten Fragen zum Fall »Tote Ratten im Kanal.«

»Sag mal, Onkel Mac«, wollte Betty wissen, »wieso konnte Assistent Baxter eigentlich plötzlich in dem Schuppen auftauchen?«

Onkel Mac wieherte vor Vergnügen: »Kannst du dir das nicht denken? Du glaubst wohl, nur ihr drei könnt unbemerkt andere Leute verfolgen!«

Betty war baff: »Dann hat er uns also beschattet? – Hmmm.« Doch so ganz schien sie mit dieser Antwort nicht zufrieden zu sein.

»Na, noch was unklar?« fragte Onkel Mac gönnerhaft.

»Ja«, murmelte Betty, »eins versteh ich nicht: Wieso ist er uns denn überhaupt gefolgt?«

Onkel Mac lehnte sich genüßlich in seinem Sessel zurück. »Tja, eure Vater-Kind-Idee in allen Ehren, aber wenn euer Papagei ›Scotland Yard‹ kräht, und ihr auch noch den Fehler macht, euch mit ›Buff Buff Buff‹ vorzustellen, dann klingelt's natürlich bei Onkel Macs begabtestem Mitarbeiter, und er klingelt seinerseits kurzentschlossen bei seinem Chef an – und zwar telefonisch.«

»Dann hast *du* ihm also gesagt, er soll...«

»...meine beiden Neffen und meine Nichte keine Sekunde mehr aus den Augen lassen. Genau das. Und er hat sich ja auch in vorbildlicher Weise an diese Anordnung gehalten, als er euch – in der offenen Fahrstuhltür stehend – beim Lauschen belauschte und schließlich mit euch im selben U-Bahn-Wagen zum Bahnhof Kingsway fuhr.«

»Im selben Wagen?« Buck staunte Bauklötze, was seinen Onkel aufs Köstlichste zu amüsieren schien.

»Tja, wenn man immer nur in den nächsten Wagen schielt, um einen geisteskranken Gangster nicht aus den Augen zu verlieren, kann einem schon mal entgehen, daß man selbst verfolgt wird.«

Geisteskrank? Betty horchte auf. »Ist da eigentlich was dran, was Rushford behauptet?« fragte sie und hatte im

Nu die »Schmach« vergessen, die Baxter ihnen zugefügt hatte. »Rushford behauptet, der Direktor der Chemiefabrik wäre noch verrückter als er.«

Nun wurde auch Onkel Mac wieder ernst. Er nahm sich Zeit für die Antwort und sagte schließlich, jedes Wort abwägend: »Die Ärzte würden vielleicht sagen, Sir Lester Hillyard sei ganz normal. Aber das ist eher umso schlimmer. Wenn jemand, um ein paar tausend Pfund zu sparen, auf eine Filteranlage verzichtet und das Gift, das er produziert, irgendwelchen dubiosen Typen anvertraut, dann ist das in meinen Augen in hohem Maße kriminell und gemeingefährlich. Aber ich bin schließlich kein Arzt oder Richter, sondern...«

»Mac Mac – Kinderschreck«, kreischte Lord Jickledy in den höchsten Tönen, setzte sich dem so Beschuldigten aufs Haupt und zupfte ihm in den Haaren: »Mac Mac, Kinderschreck, hi-ha-Haare weg!«

»Au!« schimpfte Kriminalinspektor Mac Macintosh und wischte sich die Lachtränen aus den Augen. »Wenn du so weitermachst, nehmen die Kinder tatsächlich noch vor mir Reißaus!«

»Reiß aus! Reiß aus!« schrie der Papagei und fuhr, von den sich kugelnden Drillingen kräftig angefeuert, mit seiner »Flurbereinigung« fort, bis der gequälte Onkel ihn kurzerhand auf Bennys Scheitel setzte und seinerseits rief: »Reiß aus, Jickledy! Reiß aus!«

Auf diese Weise wanderte Lord Jickledy – vom Lachen der vier Kriminalisten begleitet – von einem Kopf zum nächsten und ließ ein ausgerissenes Haar nach dem anderen auf den Teppich schweben. Erst Granny machte mit einem donnernden »Jetzt aber Schluß! Hier ist frisch gesaugt!« dem Haarrupf-Spiel ein Ende und bewahrte so ihre aufgedrehten Familienmitglieder davor, als glatzköpfige »Papageien-Punks« Schlagzeilen zu machen.

Gefährliches Spiel

Die Geburtstagsfeier

In der Craven Road erreichte die wilde Schlacht an der Kaffee- und Kakaotafel ihren Höhepunkt. Denis schaffte es gerade noch, seinen gezielten Stoß mit der Kuchengabel zweieinhalb Millimeter vor Bats Handrücken abzufangen. Auch Bat hatte es auf das letzte Stück Schokoladenkuchen abgesehen und war – ohne Gabel – eine hundertstel Sekunde schneller als sein Konkurrent.

»Ihr solltet euch was schämen!« schimpfte Alice. »Fünf Stück Schokoladenkuchen hat jetzt jeder von euch, und ihr benehmt euch wie ausgehungerte Geier!«

»Und das an Bettys Geburtstag!« fügte Benny mit ironischem Unterton hinzu und wackelte drohend mit dem Zeigefinger.

Betty kicherte still vor sich hin. Es zahlte sich wieder einmal aus, daß Benny 47 Minuten und Buck eine halbe Stunde vor ihr das Licht der Welt erblickt hatten – und zwar vor Mitternacht, während ihr Schwesterlein um Null Uhr drei des folgenden Tages geboren wurde. So durfte Betty auch in diesem Jahr wieder das Sonderrecht eines Solo-Drillingsgeburtstags genießen. Auf der gestrigen Feier der Jungen war es zwar auch hoch hergegangen, aber mit ihrem Geburtstag konnten die beiden natürlich nicht konkurrieren. Betty fixierte den leergefegten Kuchenteller, sprang auf und rief: »Ich lauf mal runter zu Granny. Vielleicht gibt's noch Nachschub.«

»Nachschub schmeckt gut!« kreischte Papagei Lord Jickledy und stolzierte kopfwackelnd auf der schneeweißen Feiertags-Tischdecke hin und her, um auch ja keinen Krümel verkommen zu lassen.

Drei Minuten später balancierte Betty ein Backblech mit herrlich duftendem Butterkuchen durch die Tür ihres Zimmers, und nach fünf weiteren Minuten war das Blech bereits wieder leer.

»Und jetzt?« fragte Denis.

Alice schüttelte den Kopf: Unmöglich diese Jungen!

Denis grinste. »Was du immer denkst! Ich meine nicht den Kuchen. Ich frage nur mal höflich an, was jetzt anliegt. Spielemäßig, mein ich. Wie wär's mit Poker?«

»Poooker!« Alice tippte sich auf eindeutige Weise an die Stirn. »Wir sind doch hier nicht in 'ner Gangsterkneipe in Soho!«

Denis ließ sich nicht aus der Ruhe bringen. »Dann fahren wir eben in eine«, konterte er.

»Und spielen Gangster!« schlug Bat vor und nahm einen kräftigen Schluck Geburtstagskakao.

Bevor Alice antworten konnte, flatterte Lord Jickledy auf den Lampenschirm und verkündete lauthals: »Gangster – Gangster – Scotland Yard!«

Bettys Freundin Sabina, die schon seit einer halben Stunde an ihrem ersten Stück Kuchen herumknabberte, war mit einem Mal hellwach. »O ja«, rief sie und wippte dabei aufgeregt mit dem Stuhl, »wir spielen Scotland Yard! Ehrlich, Betty, ich hab dich schon immer beneidet, daß ihr mit eurem Onkel so viele Kriminalfälle löst. Wir können doch einfach so tun, als hättet ihr einen neuen Fall, und wir wären alle mit dabei.«

In dem allgemeinen »Super! Echt, Spitze!«, das nun folgte, fiel überhaupt nicht auf, wie Benny die Nase rümpfte und vor sich hin murmelte: »Wir mit unserem

Onkel – pah! Unser Onkel mit uns, so rum wär's richtig!«

Denis und Bat waren von Sabinas Vorschlag hellauf begeistert. Und Alice war die Idee, nur Gangsterjagd zu *spielen,* erheblich angenehmer als der Gedanke an eine echte verräucherte Soho-Kaschemme.

Die Buff-Drillinge schließlich fühlten sich geschmeichelt: Ihre Klassenkameraden und Freunde fanden nicht nur toll, was sie hin und wieder in Sachen Scotland Yard auf die Beine stellten, sondern wollten von ihnen auch noch in die Geheimnisse der Detektivkunst eingeweiht werden!

Betty machte sofort Nägel mit Köpfen und arbeitete in Null Komma nichts einen Spielplan aus: »Wir bilden zwei Gruppen. Die einen sind die Banditen, die anderen die Verfolger. Die Verfolger müssen die Banditen beschatten, die Banditen müssen versuchen, die Verfolger abzuhängen.«

»Ich will lernen, wie man jemanden beschattet«, rief Sabina. »Ich mach bei den Verfolgern mit!«

»Ich auch!« brüllten Bat und Denis um die Wette, und Lord Jickledy krächzte: »Ich auch, ich auch – eins, zwei, drei!«

Betty sah Alice an. »Dann bist du bei den Gangstern.«

»Nee!« protestierte Alice. »Dann spiel ich nicht mit!«

»Spielverderber! Spielverderber!« johlten Bat und Denis, erreichten damit aber nur, daß Alice noch bockiger wurde.

»Spielt euer blödes Scotland Yard doch allein!« fauchte sie und stopfte sich das letzte Kucheneckchen in den Mund.

Da streckte ihr Benny quer über den Tisch die Hand entgegen und strahlte sie an, als würde er ihr die kostenlose Teilnahme an einer Weltreise vorschlagen: »Ich bin auch Gangster, okay?«

Alice wußte nicht, was sie sagen sollte.

»Was ist?« fragte Benny. »Gleich fällt mir der Arm aufs Kuchenblech!«

»Ich weiß nicht...« stotterte Alice und ergriff Bennys Hand.

»Abgemacht!« rief Benny und sprang auf. »Los, komm, 'nen kleinen Vorsprung müssen wir schon rausholen!«

»Halt!« Betty hatte das Spiel genauso im Griff wie eine echte Verbrecherjagd. »Nun renn doch nicht los wie'n kopfloses Huhn! Wenn wir nicht ein paar Spielregeln aufstellen, macht das ganze nur halb soviel Spaß. Also, ich schlage vor, wir gehen zusammen runter, und ihr kriegt bis zur Eastbourne Terrace Vorsprung.«

Benny blickte wichtigtuerisch in die Runde und posaunte heraus: »Du meinst bis Nummer vierund...«

Weiter kam er nicht. Betty unterbrach ihn mit einer Schärfe, zu der sonst nur ihre Klassenlehrerin, Miss Tindale, fähig war, wenn sie wieder mal wissen wollte, wer ihr die Kaugummis unter die Tischplatte klebte. »Halt den Mund, Benny!« zischte sie. »Der Code ist *geheim,* und das soll er auch bleiben, das weißt du ganz genau!«

Während Benny knallrot anlief wie eine Tomate im Dauerlauf, maulten Bat und Denis: »Gemein! Den Code könntet ihr uns ruhig verraten!«

Aber da war nichts zu machen: Betty hatte ein Machtwort gesprochen. Dann stellte sie noch zwei weitere Regeln auf: »Erstens: Die Verfolgten dürfen nicht vor den Verfolgern wegrennen; schließlich wissen sie ja in Wirklichkeit nicht, daß sie verfolgt werden. Und zweitens: Wenn die Verfolger länger als 15 Minuten die Spur der Verfolgten verloren haben, müssen sie – ebenso wie die Verfolgten – in die Craven Road zurückkehren.

Alle waren mit den Spielregeln einverstanden. »Also dann! Auf geht's! Komm, Alice!« rief Benny, der kaum noch abwarten konnte, in die Rolle eines Gangsters zu schlüpfen, und stürmte die Treppe hinab.

»Wir gehen noch ein bißchen raus!« rief Betty Granny zu, die schon die Brote fürs Abendbrot strich.

»Aber Punkt sechs seid ihr wieder hier!« rief Granny zurück. »Punkt sechs und keine Minute später!«

»Okay! – Allright! – Klar, Mrs. Summerstick! – Ehrensache!« brüllte die Geburtstagsbande und polterte weiter treppab.

Ein ungewöhnliches Versteck

Während Alice und Benny, betont langsam wie ein ahnungsloses Gangsterpärchen, Richtung Paddington schlenderten, blieben Denis, Bat, Buck und Betty vor der Haustür stehen. Sobald die »Verfolgten« die Kreuzung Craven Road, Ecke Eastbourne Terrace erreichen würden *(Code 74)*, wollten sie ihnen nachgehen.

Lord Jickledy hatte es vorgezogen, die Küche nach weiteren Kuchenresten abzugrasen.

So unsinnig Alice die Spielidee zuerst vorgekommen war, jetzt machte es ihr Spaß, neben Benny durch die Craven Road zu bummeln. Daß sie dabei eine Gangsterbraut darstellte, daran dachte sie nicht eine Sekunde. Sie guckte im Vorübergehen in die Schaufenster der kleinen Geschäfte und freute sich, daß der Himmel über London ausnahmsweise mal im herrlichsten Blau strahlte.

Ganz anders Benny: Er suchte fieberhaft nach einer Möglichkeit, wie sie ihren Verfolgern entkommen könnten. In Gedanken sah er sich im nächsten Hauseingang verschwinden, über den Innenhof laufen, eine Feuerleiter bis zum Dach hinaufsteigen und, mit gewagten Bocksprüngen über die meterhohen Schornsteine hüpfend, am Horizont der City verschwinden. Wäre doch super, wenn es ihm gelänge, die neunmalklugen Hirnakrobaten Buck und Betty gleich in den ersten fünf Minuten abzuhängen. Wie würde er einen solchen Triumph genießen! Aber er war ja nicht allein! Alice würde schwerlich wie eine wagemutige Großstadtgemse über die Dächer Londons kraxeln wollen. Es mußte also eine andere Möglichkeit geben; eine realistische, machbare, unkomplizierte.

Sie waren nach links in die Eastbourne Terrace eingebogen, und eben waren Betty, Buck, Sabina, Bat und Denis 180 Meter hinter ihnen gestartet, als Benny der Zufall zur Hilfe kam: Neben ihnen hielt ein weißer Kleinlaster, von dessen Kastenaufbau ein metergroßes grünes Huhn in knallroten Lettern verkündete: EDDIES EIER – FRISCH GELEGT! Der Eierfahrer sprang aus dem Führerhaus und ging auf einen vor ihm parkenden Lieferwagen zu, den die schokoladenbraune Aufschrift SCHOKOSPASS MIT SCHOKOTOCO zierte. Daraufhin stieg auch der Fahrer des Schokoladenlasters aus. »Na endlich!« rief er dem Eiermann zu. »Ich häng hier schon ’ne geschlagene Stunde rum. Auf geht’s, das Bahnhofscafé wartet auf uns! In ’ner halben Stunde müssen wir wieder hier sein!« Im Eiltempo überquerten der Eier- und der Schokoladenfahrer die Eastbourne Terrace, um im Haupteingang des Bahnhofs Paddington *(Code 73)* zu verschwinden.

Benny zögerte keine Sekunde. Er warf einen Blick auf die Geschäfte – niemand guckte! – und stand auch schon hinter dem Eierwagen. Ein Handgriff, und die Tür zur Ladefläche öffnete sich. Ein Satz, und Benny hockte zwischen den Eierkisten, die rechts und links an den Außenwänden des Kastenwagens gestapelt waren. Alice wußte nicht, wie ihr geschah, als Benny ihr winkte und die Hand

TELEVIS
RA
LK

ausstreckte: Los, komm, beeil dich! Ich zieh dich hoch! Genau wie vorhin, als sie sich aufs Gangsterspielen eingelassen hatte, reichte sie ihm die Hand und landete – schwupp – im düsteren Kastenaufbau des LKWs.

Schnell zog Benny die Tür zu: »Ha, hier können sie uns lange suchen!«

Er strahlte über alle vier Backen. Doch das Dunkel auf der Ladefläche erhellte er damit nicht.

Alice wurde schlagartig klar, daß sie sich nicht auf einem Schaufensterbummel befand, sondern sich – wie ein Bankräuber auf der Flucht – in einem fremden Lastwagen verbarg.

»Das ist doch Einbruch, was wir hier machen!« stellte sie erschrocken fest, und das leise Zittern ihrer Stimme verriet, wie wenig geheuer ihr Bennys Versteckspiel war.

Benny sah das überhaupt nicht so, und Angst hatte er nicht für fünf Pence. »Unsinn! Die Tür war offen, und wir wollen ja nichts klauen. Außerdem bleiben wir nur so lange hier, bis meine superschlaue Schwester einen Wutanfall kriegt und geschlagen in die Craven Road zurücktrottet.«

»Woher willst du denn wissen, ob sie aufgibt?« fragte Alice. »Dazu mußt du ja wohl erst mal rausgucken!«

»Gar nicht so blöd«, murmelte Benny und drückte die Tür einen Spaltbreit auf. Im selben Augenblick bogen die »Verfolger« in die Eastbourne Terrace ein, blieben an der Ecke stehen, spähten Richtung Paddington und berieten sich.

Benny schüttelte sich vor Lachen. »Da könnt ihr lange palavern, ihr Hirnis! Benny Buff findet ihr nicht, jedenfalls nicht in der nächsten halben Stunde. Solange trinkt Freund Eier-Eddy nämlich seinen Nachmittagstee!«

Die »Verfolger« trennten sich: Sabina, Denis und Buck gingen zur anderen Straßenseite hinüber, Betty und Bat bewegten sich auf den Eier-Laster zu. Benny zog die Tür näher heran und lugte mit seiner »Gangsterbraut« nach draußen. Das Spiel begann Alice Spaß zu machen, auch wenn ihr das noch nicht bewußt war.

Als Betty und Bat in zwei Metern Entfernung – den Blick stur nach vorn gerichtet – an ihnen vorbeimarschierte, juckte es Benny in den Fingern, ihnen einen Penny vor die Füße zu werfen: Hallo, ihr Sterntalerchen, hier bin ich! Aber er konnte sich gerade noch bremsen und begnügte sich damit, Alice in den Arm zu zwicken und ihr zuzuflüstern: »Die wollen Scotland Yard sein. Blinder geht's ja wohl nicht!«

Alice wollte Benny gerade vorschlagen, auszusteigen und zu gucken, wo die »Verfolger« geblieben waren, als sie erschrocken zusammenfuhr: Die Tür des Führerhauses wurde geöffnet, und der Lastwagen schwankte leicht, als jemand hinters Steuer kletterte. Dann jaulte der Starter, der Diesel sprang an, und der Laster setzte sich mit einem unsanften Ruck in Bewegung.

Die Kinder hatten ihre liebe Müh, nicht von der Ladefläche zu rutschen, denn bei dem unerwarteten Blitzstart waren die Türen für ein, zwei Sekunden nach außen geschwungen – um gleich darauf mit einem satten Klakken ins Schloß zu fallen.

Benny erholte sich verhältnismäßig schnell von seinem Schreck und entriegelte den rollenden Eierkasten von neuem.

»Da ist Betty!« rief Alice, drückte die Tür noch ein wenig weiter auf, winkte ihrer Freundin zu und rief: »Hier sind wir, Betty! Hier!«

Benny war sauer. »Du spinnst wohl! Jetzt hat sie uns entdeckt! Jetzt können wir...« Überrascht unterbrach er sich: »Weinst du?«

Ja, Alice weinte. Sie hatte plötzlich Angst. »Wo fährt der hin?«

Benny versuchte, seine Klassenkameradin zu beruhigen: »Das ist doch egal. So was hab ich schon hundertmal erlebt. Und zwar nicht mit 'nem harmlosen Eier-Eddy am Steuer, sondern mit 'nem echten Verbrecher. Das hier ist weiter nichts als 'ne kleine Stadtrundfahrt, und dazu noch umsonst.« Als er merkte, wie wenig tröstlich seine Worte waren, versuchte er es anders: »Betty ist bestimmt schon mit 'nem Taxi hinter uns her. So schnell schüttelt man die nicht ab.«

»Ich seh kein Taxi«, schluchzte Alice.

Benny fing an, sich zu ärgern. Hätte ich mich bloß nicht drauf eingelassen, mit so 'ner Heulsuse Verbrecher zu spielen! überlegte er. Laut sagte er: »Wir können uns ja merken, wo der Typ mit uns hin gondelt. Für alle Fälle.« Und im Stillen fügte er hinzu: Wenn alles nichts hilft, dann springen wir eben an der nächsten Ampel ab. O Mann, diese Pi-Mädchen!

Alice wischte sich die Tränen aus den Augen. »Hast du was zu schreiben?«

Mit der einen Hand hielt Benny weiter die Tür auf, mit der anderen durchwühlte er seine Hosentasche und kramte ein Stück Bonbonpapier hervor. »Hier! 'nen Kuli hab ich leider keinen.«

»Warte, ich muß irgendwo 'nen Buntstift von meiner kleinen Schwester haben.«

Tatsächlich! Nach kurzem Suchen brachte Alice einen winzigen angekauten Holzstummel zum Vorschein, nahm Benny das Bonbonpapier aus der Hand und begann in einer total unleserlichen Zwergenschrift die Namen der Straßen zu notieren, durch die der Eiertransporter die beiden »Gangster« schaukelte: Bishop's Bridge Road, Westway, Seymour Place *(Code 73, 58, 45)*. Auf die Idee, auf einer der vier Ampelkreuzungen abzuspringen, an denen der Wagen hielt, kam sie nicht. Vielleicht war ihr einfach die Ladefläche zu hoch. Und als der Laster schließlich im oberen Drittel des Seymour Place *(zwischen Code 45 und 60)* parkte, war es – auch für Benny – zum Abspringen zu spät: Der Fahrer stoppte, sprang sofort auf die Straße und begrüßte jemand mit: »Na, was hab ich gesagt: Auf die Minute pünktlich!« Gleich darauf näherten sich Schritte von vier Personen.

Der Überfall

Alice sah Benny flehentlich an: »Was sollen wir jetzt machen?«

»Komm!« flüsterte Benny, verriegelte die Tür und zog das Mädchen, den schmalen Gang zwischen den Eierkisten ertastend, tiefer in das Dunkel des Laderaums hinein.

Sie hatten Glück: An der Rückwand des Fahrerhauses fehlte eine Palette Eierkisten, so daß eine Lücke von einem halben Quadratmeter zwischen den Kistenbergen entstanden war. Dort zwängten sie sich – buchstäblich im letzten Augenblick – hinein. Denn schon schwang die Tür auf, und zwei Männer sprangen auf die Ladefläche. Alice pochte das Blut in den Schläfen.

»Sag mal, Justin, soll das 'n Witz sein?« fragte der eine. »Oder willst du im Ernst mit dieser Eierkutsche bei der London City Bank vorfahren? Da holen uns die Bobbys doch im Dauerlauf ein!«

Jetzt spürte auch Benny seinen Herzschlag: Was war das? London City Bank? Bobbys? Die Männer, die keine drei Meter von ihnen entfernt den Lastwagen begutachteten, waren doch nicht etwa...

Die Antwort des Fahrers unterbrach Bennys Gedanken. »Klar will ich mit dem Kasten die Sache starten«, antwortete er. »Erstens rennt der Eierfritze frühestens in 'ner Viertelstunde zur Polente. Solange macht er nämlich Pause. Das hab ich mit eigenen Ohren gehört, als er's vorm Eingang von Paddington Station zu seinem Kumpel gesagt hat. Wenn der Yard anfängt, die Karre zu suchen, sind wir also längst umgestiegen. Vorausgesetzt, du hältst uns nicht stundenlang mit deinen Zweifeln auf. Und zweitens ...«. Er kicherte so heftig, daß er nicht weitersprechen konnte. »Und zweitens ist so'n Eierexpreß der unauffälligste Geldtransporter, der mir je untergekommen ist.«

Der Zweifler schwieg. Statt dessen sagte einer der Männer, die auf der Straße stehengeblieben waren: »Justin hat recht. Komm, beeilen wir uns, damit wir den Zeitplan einhalten! Hast du die Säcke, Bill?«

»Klar«, antwortete der Vierte, »zwei für dich, zwei für mich, ganz nach Plan.«

Dann wurde die Tür zu geschlagen, und ohne ein weiteres Wort gingen drei Männer im Eiltempo um den Wagen herum, kletterten ins Führerhaus, und der Laster fuhr los.

Nur drei Männer? Hatten die Kinder sich nicht verhört? Waren nicht zwei Personen im selben Augenblick von der Ladefläche gesprungen – oder ... ?

Sie hielten die Luft an und lauschten in die Dunkelheit. Was war das für ein Schurren? Schob da jemand eine Kiste beiseite?

Mit einem Mal kamen Alice die Geschehnisse unwirklich vor. Sie hatte das Gefühl, im Kino zu sitzen. Gefesselt folgte sie einem Krimi, in dem ein Junge und ein Mädchen von vier Bankräubern entführt werden. Auf der Leinwand in ihrer Phantasie war es dunkel. Fast dunkel. Sie konnte eben noch erkennen, wie das Mädchen die Hand des Jungen faßte und sich mit der anderen Hand die Tränen von den Wangen wischte.

Alice spürte die Angst des Mädchens, das sie selbst war, und sie bangte mit ihm: Saß dort, von einem Stapel Eierkisten verborgen, tatsächlich ein Gangster im Laderaum? Und wenn dort ein Gangster saß, würde er sie entdecken? Und wenn er sie entdeckte, was würde er tun?

Alice drückte Bennys Hand, so fest sie nur konnte.

Für Benny spulte sich kein Film ab. Er hatte schon zu oft in ähnlichen Situationen gesteckt um zu wissen: Jetzt kommt es drauf an, klaren Kopf zu behalten, sich nicht zu verraten und im richtigen Augenblick zu handeln.

Angespannt horchte er in das undurchdringliche Schwarz: Waren sie wirklich nicht allein auf der Ladefläche? Kauerte dort jemand vorm Ausgang und versperrte ihnen den einzig möglichen Fluchtweg?

Unversehens fegte ein Lichtstrahl über ihre Köpfe hinweg und torkelte zittrig über die Wände des blechernen Kastens, in dem sie eingesperrt waren wie in ein rollendes Gefängnis. Benny mußte die Zähne zusammenbeißen, um nicht aufzuschreien, so fest grub ihm Alice die Fingernägel in den Handrücken. Mensch, hat die Angst! dachte er, und kaum wahrnehmbar hauchte er ihr ins Ohr: »Keine Bange, wir kommen hier wieder raus!«

Der Lastwagen bog links ab und hielt nach etwa 100 Metern an. Der Fahrer ließ den Motor laufen. Die Türen des Führerhauses wurden geöffnet, zwei Männer sprangen heraus. Ihre Schritte entfernten sich. Dann erlosch die Taschenlampe, und der Mann auf der Ladefläche sperrte die Hecktür auf. Benny erkannte mit einem Blick: George Street, Richtung Orchard Street *(zwischen Code 76 und 61)*. Und sofort wußte er: Hier muß die London City Bank sein. Er bekam feuchte Hände.

Der Mann machte sich daran, einen Eierkistenstapel nach dem anderen über den Bretterboden zu schieben.

Benny hielt es nicht mehr aus. Er fühlte sich mit einem Mal schrecklich eingesperrt. Er mußte etwas tun. Zentimeter um Zentimeter neigte er sich seitwärts und riskierte einen Blick. Was er sah, erschrak und beruhigte ihn zugleich: Der Mann war schon nicht mehr zu sehen. Er wuchtete die schweren Eierkisten vom Ausgang weg in den hinteren Teil des Laderaums. Dadurch versperrte er den Mittelgang – und den Fluchtweg –, machte das Versteck der heimlichen Zeugen jedoch gleichzeitig sicherer.

Benny gab Alice ein Zeichen. Nun lugte auch sie um die Ecke und – lockerte den Griff, mit dem sie immer noch Bennys Hand umklammerte. Das Gefühl, nicht mehr so leicht entdeckt werden zu können, verdrängte ihre Furcht vor dem Eingesperrtsein.

Doch Alice sollte nicht lange aufatmen können, denn – plötzlich fiel ein Schuß.

Alice hatte noch nie einen Schuß gehört. Im Fernsehen und im Kino, da schon, aber in Wirklichkeit... Trotzdem wußte sie: Das war keine Fehlzündung und auch kein Knallfrosch. Da hatte jemand geschossen!

Das Kistengeschiebe hörte abrupt auf. Auch der Gangster auf der Ladefläche schien voll Spannung nach draußen zu lauschen. Der Fahrer spielte nervös mit dem Gaspedal. Jetzt näherten sich Schritte. Laufschritte. Keuchen wurde laut. Und dann fluchte jemand: »Los, Opa, beweg dich, oder ich mach dir Beine!«

»Mir machen Sie keine Angst, Sie Hilfscowboy!« antwortete ihm ein angestrengt hervorgequetschtes, piepsiges Stimmchen, das einem zweihundertjährigen Gnom zu gehören schien.

»Wen schleppt ihr denn da an?« fragte der Mann auf der Ladefläche und kommandierte: »Los, die Säcke rauf!«

»Der Kassierer wollte Zicken machen. Hatte plötzlich 'ne Knarre in der Hand. Da haben wir uns den Alten geschnappt. Der stand grad in der Nähe. Wir nehmen ihn mit. Für alle Fälle.« Der Gangster redete schnell wie ein Maschinengewehr.

»Was ist mit dem vierten Sack? Ist der leer?« fragte der Mann auf dem Laster.

»Ja, aber die anderen drei sind voll. Los, nun mach schon, zieh den Alten hoch!«

Nur keine Panik auf der Titanic, dachte Benny. Schlagartig war er ganz cool. Das ging sonst immer Betty so, wenn es hart auf hart kam. Und weil Betty nicht da war...

»Ich bin doch kein Hühnerei!« kreischte die Gnomenstimme. »Da steig ich nicht rauf! Lassen Sie mich los, Sie Flegel! Loslassen, sag ich! Au! Loslassen!«

Benny war drauf und dran, über die Eierkisten zu springen, um dem Alten zu helfen. Doch er war vernünftig genug, in seinem Versteck zu bleiben. Wenn die Gangster sie jetzt entdeckten, würden sie Alice und ihn auch noch als Geiseln nehmen, und damit wäre dem alten Mann nicht geholfen, und die Fluchtchancen stünden schlechter denn je. Abwarten! sagte sich Benny.

Alice rollten zum zweiten Mal an diesem Nachmittag Tränen die Wangen herunter. Aber auch sie schwieg. Gott sei Dank, dachte Benny, sie heult zwar, aber den Durchblick hat sie noch.

Bennys Kampf

Auch wenn Benny und Alice dies alles wie in Zeitlupe erlebten, es spielte sich in Windeseile ab. Kaum waren die Männer mit ihrer Geisel aufgetaucht, kaum hatten sie die

Säcke mit den geraubten Banknoten auf den Lastwagen geworfen und den kreischenden alten Mann auf die Ladefläche gehievt, schlugen sie die Tür zu, sprangen ins Führerhaus und tauchten im Feierabendverkehr der Millionenstadt unter.

»Verfluchtes Pack!« schimpfte der Alte, als sein Bewacher die Taschenlampe anknipste. »Man sollte euch allesamt Kopf voran in die Eierkisten rammen und kräftig hinten draufschlagen! Das viele schöne Geld! Pah! Ich wüßte was besseres damit anzufangen, als es euch skrupellosen Lumpen zum sinnlosen Verjubeln in den Rachen zu werfen!«

»Nu' mach mal halblang, Opa!« knurrte der Gangster. »Wenn du schön brav bist und endlich deinen Schnabel hältst, kriegst du vielleicht noch 'n paar Scheinchen ab. Also: Schnabel halten, kapiert?«

Jetzt legte der Alte erst richtig los. »Diebesgut soll ich annehmen? Mich mit dem Geld anderer Leute bereichern? Mich zu eurem Komplizen machen? Nein, Mister, dazu gibt sich Bertram Crinkelboom nicht her! Bertram Crinkelboom nicht! Im Gegenteil, mein Junge! Ganz im Gegenteil! Ich werde dafür sorgen, daß ihr nicht einen Penny von dem Geld verjuxt! Nicht einen Penny, damit du's weißt!«

Der Gangster grölte vor Lachen. »Übernimm dich nicht, Opa! Und denk dran...« Seine Stimme wurde von einer Sekunde zur anderen schneidend. »Das ist kein Spaß, was wir hier abziehn. Keine Theatervorstellung für großmäulige Alte. Also noch mal: Schnauze, klar?«

»Den Mund wollen Sie mir verbieten, Sie Milchgesicht, Sie?« Der Alte kam in Fahrt wie eine Uralt-Dampflok beim südenglischen Veteranenrennen. »Bertram Crinkelboom den Mund verbieten? Sie... Sie blaßgesichtiger Hilfsganove! Sie halbe Portion! Na warte, Freundchen!

Schnauze halten? Das läßt sich Bertram Crinkelboom nicht bieten! Bertram Crinkelboom nicht!«

Benny war auf dem Sprung. Unmerklich richtete er sich in der Hocke auf und beugte sich vor, die Fingerspitzen auf dem rüttelnden Bretterboden wie ein Hundertmeterläufer vorm Start. Irgend etwas wurde aufgerissen. Papier, Pappe. Klatsch! »Da, du Eierkopp!« kreischte Mr. Crinkelboom. »Da!« Und noch einmal klatschte es und noch mal.

Der Typ schmeißt mit Eiern! Benny mußte unwillkürlich grinsen. Wahnsinn!

»Schluß jetzt!« brüllte der Gangster!

»Schluß?« brüllte der wild gewordene Alte zurück und griff in die Vollen. Krach! Das mußte eine Kiste gewesen sein.

»Schluß mit der Sauerei!« Der Gangster sprang auf.

Gepolter. Stöhnen. Kippende Kistenstapel. Jemand rutschte aus!

»Au! Verdammt!«

»Au! Lassen Sie mich los! Sie tun mir weh! Hilfe!«

Hilfe? Das war für Benny das Stichwort! Er schnellte hoch, stand mit einem Satz auf dem schwankenden Kistenstapel, der den Mittelgang versperrte, stieß einen atemberaubenden Kampfschrei aus und stürzte sich, ohne auch nur eine Sekunde zu zögern, auf den Mann, der hinter einem weißhaarigen, keuchenden Greis am Boden hockte und ihm den Arm auf den Rücken drehte.

Im flackernden Schein der hin und her rollenden Taschenlampe wirkte der Junge, der ihm wie aus heiterem Himmel entgegenflog, auf den Gangster wie ein Gespenst. Er schrie auf, riß die Arme hoch und versuchte die Wucht von Bennys Aufprall zu mindern. Benny rutschte an den ausgestreckten Armen ab, bekam aber die Haare seines Gegners zu fassen und klammerte sich fest.

Er riß den Kerl vollends zu Boden, und ineinander verschlungen kullerten sie zwischen den Eiern hin und her und zerdrückten sie gleich kistenweise auf der Ladefläche.

Der Gangster hatte den ersten Schrecken überwunden. Benny spürte: Der ist stärker als ich! Er kämpfte mit dem Mut der Verzweiflung.

»Gib's ihm! Gib's ihm!« kreischte der Alte und spornte seinen jugendlichen Befreier an, die letzten Kraftreserven zu mobilisieren, bis Benny den Bankräuber losließ. Alices Schrei »Vorsicht, die Pistole!« hatte ihn elektrisiert. Sofort sah er die Waffe, warf sich herum und hob die Hände. Benny war mutig, aber er war kein hirnloser Held. Wenn er den Kerl jetzt weiter bedrängte, würde der schießen.

Schwer keuchend sank Benny gegen die Seitenwand und sah sein Gegenüber mit zusammengekniffenen Augen an. Dann mußte er grinsen. Ob er wollte oder nicht. Der Mann sah lächerlich aus. Milchgesicht, hatte der Alte gesagt. Eierkopp. Ja, Eierkopp! Der Bankräuber war von oben bis unten mit zerdrückten, glibberigen Eidottern zugeklebt. Wie'n Omelett kurz vorm Braten, dachte Benny und grinste noch breiter. Daß er selbst nicht besser aussah, kam ihm nicht in den Sinn.

»Hör auf zu grinsen!« fuhr der Gangster ihn an.

»Ich grins, solange ich will!« gab Benny trotzig zurück.

»Schnauze!« zischte der Bankräuber, und Benny hielt den Mund.

Er hatte es auch gehört: Kein Zweifel, was da durch die Wände des Laderaums drang, war das Heulen einer Polizeisirene. Einer Polizeisirene, die stetig näherkam.

Alices Herz machte Freudensprünge: Jetzt schnappen sie sie! dachte sie und übersah dabei, was passieren würde, wenn ein Streifenwagen den Laster stoppte. Die Bankräuber hatten schließlich Geiseln, drei Geiseln...

Die Sirene entfernte sich wieder! Innerhalb weniger Augenblicke wurde das Heulen leiser und war schließlich überhaupt nicht mehr zu hören.

Wieso so schnell? fragte sich Benny und versuchte mit dieser nüchternen Frage seine Enttäuschung zu verdrängen. Wenn der Streifenwagen abgebogen wäre, dürfte die Sirene nur ganz allmählich verstummt sein. Seltsam.

Alice dachte überhaupt nichts. Sie weinte nur.

Plötzlich hielt der Wagen an. Der Motor ging aus. Und als die Tür zum Laderaum aufgerissen wurde, wußte Benny, warum die Polizeisirene so plötzlich nicht mehr zu hören gewesen war: Sie hielten im äußersten Winkel eines Parkhauses *(in der Sloane Street, zwischen Code 149 und 165)*, in einer schwer einsehbaren Lücke zwischen einem Rot-Kreuz-Rettungswagen und der Betonwand. Barsch hervorgestoßen flogen die Worte der Gangster hin und her.

»Los, los, macht schnell!« – »Wie siehst du denn aus!« – »Hat der Alte etwa...? – »Mistkerl!« – »Verdammt, was sind das für Gören?« – »Wir können doch keine Kinder...« – »Natürlich können wir! Was denn sonst! Sie wissen zuviel!« – »Los, los, Tempo!« – »Sind die Säcke verstaut?« – »Rein mit euch! Im Krankenwagen ist Platz für zehn!«

Es half alles nichts. Mr. Crinkelboom, Alice und Benny mußten wohl oder übel den Anweisungen der Gangster folgen und sich in den weißen Kombi sperren lassen, der von außen wie ein Rettungswagen aussah. Innen war der Boden mit Matratzen ausgelegt. In der Mitte hatten die Bankräuber eine Bahre angebracht, auf der, mit einem Laken bedeckt, eine Schaufensterpuppe lag. Rechts von der Bahre stand eine weitere, mit einem Arztkittel bekleidete Puppe.

Sobald die Geldsäcke verstaut waren und die Geiseln –

von einem am Boden hockenden, bewaffneten Räuber bewacht – rechts und links der Bahre auf den Matratzen lagen, zogen sich die anderen drei Gangster weiße Sanitäterkittel über. Einer setzte sich ans Steuer, einer auf den Beifahrersitz, und der dritte stellte sich rechts von der Bahre auf und beugte sich über die liegende Puppe. Dann schaltete der Wächter die Innenbeleuchtung ein. Benny kapierte sofort, weshalb die Gangster das alles inszenierten. Der Effekt war: Von außen, durch die Milchglasscheiben betrachtet, sah es so aus, als beugten sich zwei Ärzte oder Sanitäter über einen Schwerverletzten, der auf dem schnellsten Wege ins Krankenhaus gebracht werden müßte.

Mit Blaulicht und Sirene raste der vermeintliche Rettungswagen durch London City und zur Stadt hinaus *(Code 165, 179, 191, 192)*. Kein Bobby kam auf die Idee, ihn anzuhalten. Selbst an der Straßensperre zwischen Battersea und Clapham begnügten sich die Beamten damit, von außen einen flüchtigen Blick auf die gespenstische Szenerie der vorgeblichen Rettungsaktion zu werfen. Der Fahrer hatte das Funkgerät aufgedreht, so daß das eindringliche Quäken der Frauenstimme aus der Londoner Rettungszentrale den Anschein eines echten Krankentransports unterstrich. »Krankenhaus Merton«, rief der Fahrer den Polizisten zu, während sein Komplize den Lauf seiner Waffe gegen Mr. Crinkelbooms Hinterkopf drückte. Die Geiseln hatten keine Chance. Sie taten das einzig Vernünftige: Sie verhielten sich ruhig.

So passierten die Bankräuber unbehelligt die eigens für sie eingerichtete Straßensperre, trieben – siegessicher und bester Laune – alles, was ihnen den Weg versperrte mit Blaulicht und Sirenengeheul auseinander, durchfuhren die Ortschaften Merton, Morden, Ewell, Epsom, Leatherhead, Dorkins und Capel, um schließlich, 56 Minuten nach dem Überfall, in einem von Wald und Feldern umgebenen Landhaus bei der Ortschaft Ewhurst zu halten – 34 Meilen von London City entfernt.

Gefangen

Was war derweil in London los? Was machten Betty, Buck, Sabina, Denis und Bat? Was tat die Polizei? Was Onkel Mac?

Betty und Bat sahen ihre Klassenkameradin – scheinbar fröhlich winkend – auf dem Eierlaster davonfahren. Bat glaubte seinen Augen nicht zu trauen. So kannte er Alice gar nicht! Betty ärgerte sich: Typisch Benny! Um vor Alice anzugeben, kutschierte er mit ihr in diesem albernen weiß-grün-roten Vehikel durch die City. Und sie, Betty, würde die letzten Pennys, die noch in der Gemeinschaftskasse verblieben waren, für das Verfolgungstaxi ausgeben müssen. Pennys, die sie beim nächsten Ernstfall gewiß dringender gebrauchen könnten. Außerdem war ganz eindeutig abgemacht gewesen: Die Verfolgten durften nicht vor ihren Verfolgern wegrennen. Weg*rennen* – wollte Benny etwa *darauf* anspielen? Wollte er »Schwester Computerlady« eins auswischen? Wollte er ihr, für den Fall, daß er seinen Verfolgern entkam, scheinheilig erklären: Wir sind ja gar nicht wegge*rannt,* sondern wegge*fahren*? Das war doch nicht verboten, oder?

All das schoß Betty durch den Kopf, als Alice ihren Namen rief und der Lastwagen mit der Aufschrift »EDDIES EIER – FRISCH GELEGT!« Richtung Bishop's Bridge Road davonbrauste. Hätte sie sich nicht so geärgert, hätte sie sich nicht gefragt, was Benny bewogen haben mochte, mit einem Lastwagen zu verschwinden, vielleicht hätte sie noch rechtzeitig ein Taxi anhalten und den beiden Spielverderbern nachjagen können. Vielleicht. So jedoch verstrichen kostbare Sekunden, bis Betty, Bat und die herbeigewinkten Buck, Denis und Sabina an Paddington Station vorbei »Bruder Tarzan« hinterherfuhren, um an der Kreuzung Eastbourne Terrace/Bishop's Bridge Road *(Code 73)* nach links statt nach rechts abzubiegen; denn ob der Eierwagen ost- oder westwärts weitergefahren war, hatten Betty und Bat nicht erkennen können. Nach drei Kilometern baten sie den Taxifahrer umzukehren. Sie hätten sich in der Richtung geirrt. Doch auch das war vergebens. Benny und Alice waren längst über alle Berge. So blieb den erfolglosen Verfolgern nichts anderes übrig, als am Planetarium *(Code 46)* vom Taxi auf die U-Bahn zu wechseln und in die Craven Road zurückzufahren *(Code 74)*.

Mißmutig lungerten sie in Bettys Zimmer herum und warteten auf Alice und Benny. Je länger die beiden fortblieben, desto unruhiger wurde Betty. Und als sie nach einer guten Stunde immer noch nicht aufgetaucht waren, schlug ihr Ärger gänzlich in Sorge um. Daß Benny auch noch die zweite Abmachung brach und sich weder nach einer viertel noch nach einer halben oder dreiviertel Stunde bemüßigt fühlte, in die Craven Road zurückzukommen, konnte sie sich nicht vorstellen. Wieder und wieder ging sie in Gedanken die Szene durch, in der sie Benny und Alice – das heißt: eigentlich nur Alice – zuletzt gesehen hatte: Wie hatte Alices Stimme geklungen, als sie sie rief? Fröhlich? Abenteuerlustig? Pfiffig? Oder ängstlich, angespannt, verzweifelt?

Als sie Bat fragte, ob er sich noch an Alices Tonfall erinnern könne, wurde sie in ihren aufkeimenden Befürchtungen bestätigt.

»Sie klang irgendwie ängstlich«, meinte Bat. »Glaubst du...?«

Ja, jetzt glaubte Betty, daß irgend etwas passiert war. Irgendwas. Was? Das konnte sie zu diesem Zeitpunkt noch nicht einmal ahnen.

Onkel Mac ging es ebenso – nur andersherum. Er war mit der Aufklärung des Bankraubs in der George Street betraut worden und konnte einen schnellen ersten Erfolg verbuchen: Seine Leute fanden in einem Parkhaus in der Sloane Street den Fluchtwagen, den Passanten der Polizei beschrieben hatten: einen weiß-grün-roten Kleinlaster mit der Aufschrift »EDDIES EIER – FRISCH GELEGT!« Nur eins konnte er nicht wissen: daß sein Neffe Benny und dessen Klassenkameradin Alice in diesem Wagen gesessen hatten und – ebenso wie die Beute – von den Bankräubern in einen vermeintlichen Rettungswagen umgeladen worden waren.

Während Betty, Buck, Sabina, Bat und Denis fieberhaft überlegten, was sie tun könnten, während Onkel Mac ungeduldig auf die Ergebnisse der Kollegen von der Spurensicherung wartete, die den Eierwagen Zentimeter um Zentimeter nach Fingerabdrücken absuchten; während es langsam dunkel wurde und Granny die ersten unangenehmen Fragen stellte, begutachteten Benny, Alice und Mr. Crinkelboom in einem zugenagelten und vergitterten Kellerraum die uralten Roßhaarmatratzen, auf denen sie die Nacht verbringen sollten.

Alice ekelte sich vor ihrer angeschimmelten Schlafstelle.

»Lieber schlaf ich auf dem Boden«, murmelte sie und breitete die sauberste der drei Wolldecken, die ihnen die Gangster zugedacht hatten, auf dem grauen Estrich aus, der allerdings auch seit einem halben Jahrhundert nicht mehr geschrubbt worden war.

»Kommt gar nicht in Frage!« quiekte Mr. Crinkelboom mit seiner abenteuerlich hohen Fistelstimme. »Erstunken ist noch keiner, aber erfroren sind schon viele!«

Alice gehorchte. Sie war einfach zu k. o., um noch irgendeine Art Widerstand zu leisten.

Benny rannte wie ein frisch gefangener Löwe von einer Wand zur andern, blieb stehen, begutachtete mißmutig die zehn Zentimeter dicke Eichentür, rannte weiter, rüttelte an den überaus soliden, handgeschmiedeten Eisenstäben vor der Fensteröffnung, rannte weiter, weiter, weiter.

Es war sinnlos. Mit Gewalt kam hier niemand heraus, das mußte selbst »Bruder Tarzan« akzeptieren. Aber wie dann? Mit List? Wenn doch bloß Buck hier wäre, dem fiel immer irgendein Trick ein. Beinahe wehmütig dachte Benny an seinen Drillingsbruder, und im Stillen tat er ihm Abbitte für all die Hänseleien, mit denen er ihn in den letzten Jahren aufgezogen hatte.

»So, ich geh schlafen!« verkündete Mr. Crinkelboom, als handele es sich um das Selbstverständlichste von der Welt. »Kommt Kinder, legt euch auch hin. Wir müssen Kräfte sammeln, wenn wir dieses Abenteuer heil überstehen wollen.«

Der Alte strahlte mit einem Mal eine solche Ruhe, eine solche Überlegenheit aus, daß Benny auf der Stelle mit der Herumrennerei aufhörte und sich auf sein Nachtlager fallen ließ.

»Umdrehen!« kommandierte Mr. Crinkelboom. »Ich bin es nicht gewohnt, mich beim Ausziehen beobachten zu lassen.«

»*Ich* zieh mich aber *nicht* aus!« sagte Alice voll Entsetzen.

Mr. Crinkelboom überhörte Alice. Als stünde er auf der Bühne des National Theatre rezitierte er, scheinbar in bester Laune: »Am Morgen frisch und froh in Hemd und Hose fahren, nur so beginnt für mich der neue Tag!«

Benny mußte lachen. Irrer Typ, dieser Mr. Crinkelboom!

»Umdrehn, hab ich gesagt!« kreischte der Alte noch einmal, und lächelnd gehorchten die Kinder.

»Fertig!«

Schon? wunderte sich Alice und drehte sich wieder um.

Mr. Crinkelboom schien lediglich das Jackett abgelegt zu haben. Seine Schuhe saßen jedenfalls noch über den Socken und lugten munter wackelnd unter der Bettdecke hervor.

»Ich leide an kalten Füßen!« entschuldigte sich der schelmische alte Mann und blinzelte Alice zu. Doch so nett er dabei auch dreinzublicken versuchte, über sein Aussehen erschrak sie: Mr. Crinkelboom wirkte um Jahre gealtert. Als ob er hundert wäre, dachte sie und konnte den Blick nicht von den wirren, lichten, schneeweißen Härchen abwenden, die dem Alten auf der Glatze klebten. Und erst der eingefallene Mund!

Müssen alte Menschen so werden? fragte sie sich und sah sich heimlich nach der Perücke und dem Gebiß um, derer sich Mr. Crinkelboom entledigt hatte, während ihm die Kinder den Rücken zuwandten. Hatte er sie unter der Decke versteckt?

Der alte Mann schien die Gedanken des Mädchens zu erraten. »Ja, eine Schönheit bin ich nicht mehr, das ist nun mal der Lauf der Welt«, gestand er mit einer Aussprache, die durch die zahnlosen Kiefer wie verstellt wirkte und angelte seine Zähne und Haare unter der Decke hervor. »So sehen die meisten alten Leute aus, wenn sie sich nicht verkleiden.« Und weise lächelnd fügte er hinzu: »Vielleicht ist es schade, daß es heute möglich ist, das Altwerden so verdammt gut zu vertuschen. Plötzlich steht der Tod vor dir, und du fährst erschrocken zusammen und fragst dich: Ist es schon so weit? – Aber, das ist nichts für euch. Für euch kommen erst einmal andere Zeiten.«

Er fing an zu kichern und plinkerte mit den Augen.

Der Alte ist lieb, dachte Alice.

In Benny ging etwas anderes vor. Er hatte einen Einfall, der ihn heiß und kalt werden ließ. Wenn der alte Mann mitspielte...

»Na, Benny«, fragte Mr. Crinkelboom lachend, »dich scheint ja mein Anblick völlig zu schaffen.«

»Nein nein, über... überhaupt nicht«, stotterte Benny, »ich hab nur... 'ne Idee...«

»Laß hören«, sagte Mr. Crinkelboom und blinzelte – hellwach wie ein Fuchs auf der Hasenjagd – unter der Decke hervor.

Eine verrückte Idee

Benny wußte nicht, wie er anfangen sollte. Er wollte Mr. Crinkelboom auf keinen Fall verletzen. Der Alte war ihm sympathisch – jedenfalls seitdem er den Wächter mit Eiern beworfen hatte.

»Also... äh...«, druckste er herum.

»Raus mit der Sprache!« befahl Mr. Crinkelboom, wobei das »S« zischte, als ob eine Lok Dampf abließe.

»Sie... äh... ich meine...«, Benny gab sich einen Ruck: »Ich meine, wenn man Sie so sieht, ohne Gebiß und ohne Haare, man könnte glatt meinen, es... es ginge Ihnen nicht gut!«

Mr. Crinkelboom giggelte wie ein heiserer Ziegenbock: »Ja, könnte man das meinen? Mit anderen Worten: Wer mich so sieht, könnte denken, ich bin krank. Das willst du doch sagen, oder?«

Benny war erleichtert: Der alte Mann schien keineswegs beleidigt zu sein. Eher amüsiert!

»Nur weiter!« forderte er den Jungen schmunzelnd auf.

Nun sprudelte Benny los: »Also, wenn Sie noch so richtig durchgeschwitzt wären, so richtig erhitzt, und schwer atmen würden, dann... dann...«. Nein, das konnte er nun doch nicht sagen!

»...dann könnte man glauben, der Opa liegt im Sterben«, vollendete Mr. Crinkelboom Bennys Satz.

»Genau!« Benny fiel ein Stein vom Herzen.

Alice erschrak. »Benny!« rief sie und hielt sich gleich darauf den Mund zu.

Mr. Crinkelboom stand Benny bei. »Laß nur«, quiekte er, »der Junge hat recht. Vielleicht ist das unsere Chance. Wenn die Gangster glauben, mit mir geht's zu Ende, mag sein, sie holen einen Arzt.«

›Oder auch nicht‹, dachte Benny, und er spürte, wie seine Hände kalt wurden.

»Aber wo wollen wir denn plötzlich das nötige Fieber herkriegen?« fragte der Alte.

Auch darauf wußte Benny eine Antwort: »Wenn Sie Gymnastik machen und hüpfen und auf der Stelle laufen... also *mir* wird beim Konditionstraining immer warm.«

Bennys Vorschlag machte Mr. Crinkelboom Spaß. »Na, wenn *dir* dabei schon warm wird, dann werd ich ja wohl dampfen wie ein altes Schlachtroß!« kicherte er, schlug die Decke zurück und hüpfte auf die Beine, als hätte ihn allein der Gedanke an die gymnastischen Übungen um Jahre verjüngt.

Alice machte ein bedenkliches Gesicht.

Mr. Crinkelboom wußte, was Alice dachte. Übermütig rief er ihr zu: »Na, junges Fräulein, glaubst du, der alte Bertram Crinkelboom kriegt keine drei Kniebeugen mehr zustande? Ha! Bitte sehr!« Und schon streckte er die Arme aus wie ein Schlafwandler kurz vorm Abflug und ging in die Knie, daß die Knochen nur so knackten. Dabei belehrte er, abgehackt im Rhythmus der Kniebeugen sprechend, die immer besorgter dreinblickende Alice: »Ich lasse mich – jedes halbe Jahr – von oben bis unten – vom Arzt durchchecken. – Das letzte Mal – vorige Woche. – Der Arzt sagt, – ich bin gesund – wie ein neugeborenes – Nilpferd. – Zufrieden?«

Alice versuchte zu lächeln, doch so ganz gelang es ihr nicht.

In den nächsten zwanzig Minuten gab Mr. Crinkelboom eine Vorstellung, die an Komik kaum noch zu übertreffen war: Er schwang die Arme wie ein Pavian im Urwald-Disco-Sound, lief auf der Stelle, als gelte es, ein metertiefes Loch in den Boden zu stampfen, kroch über die Matratzen wie ein aufgedrehtes Kleinkind und schaffte schließlich – schwer atmend und furchterregend ächzend – noch drei Liegestütze.

Dann sank er mit einem lauten Seufzer auf sein Lager und sah die Kinder an, als wollte er sagen: Na, war das nichts?

Alice schwieg. Und als sie sein rotweiß geflecktes, schweißglänzendes Gesicht sah, mußte sie sich abwenden. Benny, dieser Egoist! dachte sie. Dieser verdammte Egoist! Nur um hier rauszukommen, opfert er den alten Menschen.

Doch da lachte Mr. Crinkelboom, daß es eine Freude war, und drängte mit dem spitzbübischsten Gesicht der Welt: »Na los, dann alarmiert mal die Banditen, bevor es dem alten Bertram wieder besser geht!«

Benny ging schon zur Tür und holte Luft, um aus Leibeskräften um Hilfe zu rufen, da sagte Alice: »Hör doch auf mit dem Quatsch! Meinst du, irgendein Arzt fällt auf das Theater rein? Der fragt Mr. Crinkelboom doch gleich, warum er sich so angestrengt hat, und dann wissen die Gangster Bescheid, und wir kriegen erst recht Ärger.«

Benny klappte den Mund wieder zu und sah hilfesuchend Mr. Crinkelboom an. Was nun?

»Wir müssen«, keuchte der alte Mann, »wir müssen dem Arzt einen... einen Zettel zustecken... wo drauf steht... daß wir hier... gefangen sind.«

»Klar, natürlich, das ist es!« Benny strahlte: Der Alte ist super! Dann riß er ein Stück Papier von der Wand, das im vorigen Jahrhundert eine Tapete gewesen sein mochte, streckte triumphierend die Hand aus und ließ sich zum zweiten Mal an diesem Tag von Alice den angekauten Buntstiftstummel geben.

»Was sollen wir schreiben, Mr. Crinkelboom?«

Der Alte diktierte, und Benny schrieb: »Die Krankheit ist Theater. Wir sind hier gefangen. Bitte holen Sie die Polizei!«

Dann drehte Benny den Zettel um und fügte hinzu: »Inspector Mac Macintosh ist unser Onkel. Telefon London 8230701. Benny Buff.«

Schließlich faltete er den Zettel zu einem winzigen Brieflein zusammen, drückte ihn Mr. Crinkelboom in die Hand und – stellte erschrocken fest, daß sich der alte Mann schon wieder zu erholen begann: Nur noch ein paar Schweißperlen auf seiner Stirn erinnerten daran, daß er noch vor ein paar Minuten nach Luft ringend und mit hektischen Flecken im Gesicht dagelegen hatte.

»Ist was?« fragte Mr. Crinkelboom, der Bennys Blick nicht zu deuten wußte.

»Äh... Sie sehen schon wieder so... so normal aus.«

»Waaas?« Im Nu stand der Alte von neuem armrudernd neben dem Matratzenlager. »Na los, schreit schon, was das Zeug hält. Ich bin schließlich nicht mehr der Jüngste!«

Alice hatte sich geschworen, die Quälerei nicht mehr zu unterstützen. Aber nun rief sie doch so laut sie konnte: »Hilfe! Hiiilfe!«. Denn wenn nicht gleich jemand kam, kippte der alte Mann womöglich doch noch um.

Benny war in seinem Element. Wie ein Elefant in der Wüste brüllte er: »Hiiilfe! Mr. Crinkelboom stirbt! Mr. Crinkelboom stirbt! Einen Arzt! Einen Arzt!«

Es dauerte keine zwei Minuten, und auf dem Kellergang näherten sich Schritte. Mr. Crinkelboom sprang unter die Decke. Die Tür ging auf. Der Fahrer und der Wächter von vorhin stürmten ins Zimmer. »Was ist denn hier los?« polterte der Fahrer, und der Wächter zischte: »Laßt gefälligst das Ge...«

Weiter kam er nicht. Ihm blieb das Wort im Halse stekken. Mit ungläubig aufgerissenen Augen sah er zu Mr. Crinkelboom hinab.

Alice mußte schlucken.

Benny war begeistert. Zu so einer schauspielerischen Leistung war nicht mal Buck fähig. Mr. Crinkelboom schien mit fahrig umherschweifendem Blick zu versuchen, die Menschen zu erkennen, die um ihn herumstanden. Dabei stöhnte er leise vor sich hin und phantasierte stammelnd und nach Atem ringend drauflos, was das Zeug hielt: »Die Tiere. Die Giraffen ... mit den ... mit den ... großen Mäulern. Hilfe, sie kommen! Sie wollen mich fressen! Mama! Mama!!! Au! Ouu! Mein Herz! Mein Herz! Ich muß ... ich muß ... Nein!! Ich will nicht sterben! Einen Arzt! Wo ist der Arzt? Sind Sie der Arzt? Der Doktor? Helfen Sie mir, Doktor! Helfen Sie mir!«

Bei den letzten Worten ließ er seine krampfig verformte Hand unter der Bettdecke hervorschnellen und packte den Fahrer, der unmittelbar neben der Matratze stand, am Hosenbein. »Helfen Sie mir!«

Der Gangster wich erschrocken zurück, drehte sich nach seinem Komplizen um und fuhr ihn an: »Was glotzt du so blöd! Hol den Arzt! Los, mach!«

»Aber...«, wollte der Wächter widersprechen. Doch der Fahrer schrie: »Hörst du schlecht? Los, ab! Verraten kann er uns nicht. Wenn er was von 'nem Bankraub erzählt und sich im selben Atemzug vor 'ner nicht vorhandenen Giraffe fürchtet, glaubt jeder, er spinnt. Auch der Doktor. Los, mach schon! Wir sind schließlich keine Mörder!«

Als der Gangster kehrt machte, um den Arzt anzurufen, hätte Benny beinah vor Freude laut gejubelt. Aber er durfte sich nichts anmerken lassen. Also blieb er reglos am Fußende des »Krankenlagers« stehen und wartete. Als sein Blick dem Blick des alten Mannes begegnete, kam es ihm vor, als würde Mr. Crinkelboom ihm zublinzeln: Na, wie haben wir das hingekriegt?

Alice stand da wie benommen. Mr. Crinkelbooms Auftritt war so echt gewesen, daß sie mehrmals daran gezweifelt hatte, ob auch wirklich alles gespielt war.

Wenn das nur gutgeht!

Der Fahrer ging nervös im Keller auf und ab und vermied es, Mr. Crinkelboom anzusehen. Auch den Blicken der Kinder wich er aus.

»Wir sind schließlich keine Mörder«, hatte er gesagt. Benny fiel ein Gespräch ein, das er irgendwann einmal mit Onkel Mac geführt hatte. »Ein Dieb ist kein Mörder«, hatte Onkel Mac gesagt. »Einem Menschen Gewalt anzutun, körperliche Gewalt, das ist etwas anderes, als ihn um ein paar tausend Pfund , um seinen Fernseh- oder Fotoapparat zu erleichtern. Und dann sind da noch die armen Teufel, die aus irgendeiner Notlage heraus in ein Eigentumsdelikt hineinschlittern, denen das Wasser bis zum Hals steht, die nicht mehr wissen, wie sie die Raten für all die Abzahlungsgeschäfte abstottern sollen, die sie eingegangen sind, als sie noch nicht arbeitslos waren.«

Immer wieder sah Benny dem Fahrer für ein, zwei Sekunden ins Gesicht, um den Blick gleich wieder abzuwenden und sich zu fragen: Zu welcher Gruppe gehört er? Zu denen, die aus Not in ein Verbrechen hineinschlittern oder zu den Berufsverbrechern? Ist er ein Dieb, oder kann er auch gewalttätig werden? Er versuchte sich noch einmal die Szenen zu vergegenwärtigen, die er im Eierwagen miterlebt hatte: Was hatte der Fahrer gesagt? Hatte er die Geiselnahme gebilligt?

Bevor Benny sich seine Fragen beantworten konnte, blieb der Fahrer abrupt stehen, schloß die Tür auf und brüllte in den Kellergang: »Alf, was ist denn nun? Kommt der Arzt oder nicht?«

»Ja!« schallte es zurück. »Aber ich hab nur Doktor Jellings erwischt.«

Der Fahrer riß die Augen auf. »Den Tierarzt? Was soll der denn?«

»Besser als gar keiner. Und außerdem kennt er uns als liebe, nette Bürger, denen man nichts Schlechtes nachsagen kann.«

Das Lachen des Wächters hallte unheimlich an den Kellerwänden wider. Dann brach es urplötzlich ab, und der Wächter rief: »Was macht der Opa? Lebt er noch?«

Mr. Crinkelboom schaffte es gerade noch, die Grimasse aus seinem Gesicht verschwinden zu lassen, mit der er Benny und Alice seine Belustigung angedeutet hatte, daß er mit einem Tierarzt vorlieb nehmen sollte.

Schnell zitterte er wieder mit den Augen und bewegte die Lippen, als würde er lautlos vor sich hin phantasieren.

»Er phantasiert wieder!« brüllte der Fahrer prompt zurück, überlegte eine Sekunde und rief schließlich: »Kommt mal alle runter!«

»Alle?«

»Ja, alle. Wir müssen den Alten nach oben bringen. Was soll der Viehdoktor denken, wenn ich meinen Onkel Archibald unten im Keller einsperre? Wir nehmen ihm die Brieftasche ab. Schließlich heißt er für die nächste Stunde Archibald Cox. Und dann legen wir ihn ins Gästezimmer; ganz wie's sich gehört. Los, beeilt euch! Und Alf bleibt hier bei den Gören, damit sie nicht auf dumme Gedanken kommen. Er hat ja schon Übung im Kinderhüten!«

Der Fahrer ist der Boß, wunderte sich Benny. Also scheint er ein Profi zu sein, oder?

Die Gangster trugen den vor sich hin starrenden alten Mann ins Parterre, und der Wächter blieb zum zweiten Mal bei Benny und Alice. Für die beiden folgten schlimme Stunden. Sie waren zum Nichtstun verdammt und auf Spekulationen angewiesen. Sie befürchteten das Schlimmste und hofften das Beste. Sie stellten sich mit Schrecken vor, wie die Gangster Mr. Crinkelboom den Zettel abnahmen, bevor er ihn dem Arzt geben könnte. Und sie malten sich das Gegenteil aus: Die Bankräuber verließen mit erhobenen Händen das Haus, Handschellen klickten, und die herbeigerufenen Polizeibeamten brachten sie ins Londoner Untersuchungsgefängnis.

Doch am schlimmsten war nicht der ständige Wechsel zwischen Furcht und Hoffnung. Daß sie nicht über ihre Gedanken und Gefühle sprechen, daß sie nicht ein Wort unbeobachtet wechseln konnten, belastete Alice und Benny noch mehr. Ihr Wächter saß mit undurchdringlicher Miene auf Mr. Crinkelbooms Matratze und knibbelte pausenlos an den Fingernägeln herum. Aufhören! Hören Sie mit dem Geknibbel auf! hätte Benny ihn am liebsten angeschrien, so nervös machte ihn das Nägelpulen. Doch er traute sich nicht.

Alice mußte immer wieder dasselbe denken: Ob es gutgeht? Es muß gutgehn! – Ob es gutgeht? Es mußt gutgehn! – Ob es gutgeht? Es muß...

Dann wurde es spannend. Schrecklich spannend. Sie hörten, wie der Wagen des Tierarztes an der Auffahrt hielt, und sie hörten, wie er zehn Minuten später wieder abfuhr. Sie mußten zusehen, wie der Fahrer den Wächter in den Kellergang rief und ihm flüsternd berichtete, was die Untersuchung ergeben hatte.

Hatte es geklappt? Sie wußten es nicht. Die Mienen der Gangster blieben undurchschaubar. Aber fast war es Benny und Alice egal, wie die Aktion ausgegangen war. Wenigstens war etwas passiert. Wenigstens hatten sie gesehen, daß sie nicht von der Welt abgeschnitten waren, und sie hatten erfahren, daß sie sich möglichen Rettern bemerkbar machen konnten.

Der Anruf

In der Craven Road bahnte sich um halb acht Uhr abends ein mittelschweres Gewitter an. Fast eine Stunde lang hatte Granny mit dem Abendessen auf Benny gewartet. Dann platzte ihr der Kragen: Schimpfend und lauter als nötig mit den Tellern klappernd deckte sie den großen Tisch im Wohnzimmer. Doch damit nicht genug. Judy war einen Flug eher als geplant von einer Reportage aus Dublin zurückgekehrt, um »im Kreis der *ganzen* Familie«, wie sie unzweideutig bemerkte, Bettys Geburtstag zu feiern. Und schließlich hatte Onkel Mac angerufen: Der neue Fall ließe ihm zwar keine freie Minute, aber da Betty Geburtstag habe, wolle er zum Abendessen auf einen Sprung vorbeikommen.

Also polterte der Herr Kriminalinspektor um zwanzig vor acht die Treppe hinauf, rief: »Guten Abend – zehn Minuten hab ich Zeit!«, setzte sich an den Geburtstagstisch und erkundigte sich stirnrunzelnd nach Benny.

»Ach, wir spielen bloß was«, versuchte Buck so beiläufig und verharmlosend wie möglich zu bemerken.

Doch Lord Jickledy machte ihm einen Strich durch die Rechnung: »Spiel was! Spiel was! Scotland Yard!« krächzte er aus vollem Halse.

Onkel Macs Stirn furchte sich noch mehr. »Scotland Yard?« fragte er und sah Buck an, als hätte er und nicht der Papagei den Namen der Londoner Kriminalpolizei ins Gespräch gebracht. Buck rutschte ganze fünf Sekunden lang verlegen auf seinem Stuhl hin und her, dann grinste er und holte Luft, um seinem Onkel eine gepfefferte Ausrede unterzujubeln.

Doch Betty ließ es nicht soweit kommen.

Schnell sagte sie: »Denis, Bat und Sabina und Alice wollten mal sehen, wie wir einen Fall lösen. Ich meine, wie wir da so vorgehen, beim Beschatten und so.«

Die Furchen auf Onkel Macs Stirn vertieften sich zu furchterregenden Gräben, und seine Stimme verwandelte sich in ein urweltliches Grollen. »Soso, wie ihr einen Fall löst«, murmelte er, und es gelang ihm gerade noch, den schlimmsten seiner gewohnten Flüche herunterzuschlukken. Er begnügte sich damit, dem Grollen ein gefährliches Augenblitzen hinzuzugeben und sich, mit Blick auf die Uhr, einen letzten Löffel Waldorfsalat auf den Teller zu laden. Judy schmunzelte. Wenn ihr Verlobter sich ärgerte, packte sie immer eine unwiderstehliche Lust, sich mit ihm zu streiten. Der Besuch störte sie dabei nicht im geringsten. Also begann sie: »Wenn du ehrlich bist, Mac, mußt du zugeben, daß die Kinder schon oft...«

Das Telefon schrillte. Onkel Mac sprang auf. »Das ist für mich.« Schon war er beim Telefon. »Hallo? Ja, am Apparat.«

Bereits bei den ersten Worten seines Gesprächspartners lief Onkel Mac rot an. »Auf einem Stück Tapete – so!« grollte er. »Jaja, natürlich. – Nein, vergessen Sie's, Doktor! Das ganze ist ein Spiel. – Ja. Der Junge schießt manchmal über's Ziel hinaus. – Ja. – Ist der alte Mann auch wirklich gesund? – Dann hat der Bengel ihn doch tatsächlich... – Ach, äh, wie sieht der Alte aus? – Dreiviertelglatze? – Er wirkt leicht verworren? Hm. – Und wie heißt er? Ach so, Archibald Cox. Gut. – Ja. – Vielen Dank, Doktor. – Natürlich. – Nein, nein, Sie unternehmen überhaupt nichts mehr! Krankenhaus – ha, das wär ja noch schöner! – Aber äh – sagen Sie mir trotzdem noch mal den Text des Briefes. – Ja, wörtlich. – Danke. – Nein, nein, das ist reine Berufsroutine. – Ja. – Nochmals vielen Dank! Wiederhören, Doktor!«

Onkel Mac riß den Zettel vom Notizblock und drehte sich zu Betty und Buck um. Betty war blaß geworden, Buck schlug das Herz bis zum Hals. Was war mit Benny los? Von was für einem alten Mann war da die Rede gewesen? Und was hatte das mit dem Krankenhaus zu bedeuten? Dankbar sahen sie Sabina, Bat und Denis an, die ihrerseits Betty und Buck fragende Blicke zuwarfen: Wenn die drei nicht hier wären, Onkel Mac würde echt ausflippen.

Judy hatte anfangs die Ohren gespitzt. Bahnte sich da eine Geschichte an? Ein Bericht für die Zeitung oder für den Hörfunk? Als dann jedoch immer deutlicher zu werden schien, daß Benny sich wieder mal einen »Supergag«

geleistet hatte, wandte sie sich achselzuckend ihrer Geflügelpastete zu.

Onkel Mac steuerte – immer noch feuerrot wie ein Vulkan unmittelbar vor dem Ausbruch – gerade seinen Stuhl an, als das Telefon von neuem läutete.

»Ring, ring – Mac, Mac, Mac«, kreischte Lord Jickledy, und Onkel Mac drehte sich knurrend wieder um, um den unschuldigen Anrufer aus vollem Herzen anzubrüllen: »Hallo? – Ja, am Apparat! – Die Fingerabdrücke? Haben Sie was gefunden? – Okay, bin schon unterwegs. Erzählen Sie's mir im Büro!« Peng, der Hörer flog auf den Apparat, und Kriminalinspektor Mac Macintosh stürmte hinaus – nicht ohne seiner Nichte und seinem Neffen »Schönen Gruß an Benny!« zuzurufen. »Richtet ihm bitte aus, morgen abend möchte ich ihn sprechen, in einer persönlichen Angelegenheit! Bye!«

Peng! knallte die Tür zu.

Es folgte ein bedrückendes Schweigen.

»Eine schöne Geburtstagsfeier habt ihr uns da eingebrockt!« murmelte Granny.

Die Kinder fühlten sich elend. Sabina hatte ein schlechtes Gewissen. Schließlich war es ihre Idee gewesen, Scotland Yard zu spielen.

Denis stopfte sich noch schnell eine Pastete in den Mund und verkündete: »Ich muß nach Hause!«

»Wir bringen dich!« rief Betty und schob ihren Teller zurück.

Denis versuchte zu lächeln. »Laß nur, ich find schon allein den Weg.«

»Nein, nein, wir bringen dich! Das ... das gehört sich so«, stotterte Betty.

Granny lachte schallend auf. »Wenn ihr euch verdrükken könnt, weil euch die Luft zu dick geworden ist, dann wißt ihr ausnahmsweise sogar, was sich gehört!«

LONDON

Betty hörte nicht, was Granny sagte. Sie dachte angestrengt nach: Wie könnte sie den Block... Natürlich, das war's!

»Sabina, schreibst du mir noch kurz auf, wie du die Matheaufgabe gelöst hast?« fragte sie ihre verdutzte Freundin, riß im Vorübergehen die beiden obersten Blätter vom Telefon-Notizblock und stürmte die Treppe hinauf in ihr Zimmer.

Granny schüttelte den Kopf: Als wenn sie oben nichts zu schreiben hätte!

Als Sabina ihr nachkam, saß Betty bereits am Schreibtisch und schraffierte mit einem weichen, schräg gehaltenen Bleistift vorsichtig den oberen Notizzettel.

Bevor Sabina fragen konnte, was sie da machte, las Betty ihr schon vor, was weiß auf grau und mit Onkel Macs akkurater Handschrift notiert auf dem kleinen weißen Blatt Papier zum Vorschein gekommen war:

Anruf Dr. Jellings aus Ewhurst.
Text auf Tapetenstück:
Die Krankheit ist Theater.
Wir sind hier gefangen.
Bitte holen Sie die Polizei!
Bemerkung auf der Rückseite:
Inspektor Mac Macintosh
ist unser Onkel.
Telefon London 8230701.
Benny Buff.

»Ewhurst, Ewhurst«, murmelte sie vor sich hin. »Ich glaube, das ist irgendwo südlich von London. In der Nähe von Dorkins oder Capel.«

Sabina verstand nur Bahnhof. »Aber... was ist denn...?«

»Warte, später!« Betty rannte zum Bücherbord, riß Onkel Macs ausgedienten Autoatlas aus dem Regal, schlug die Karte von Greater London auf, suchte, suchte, suchte und – fand, was sie suchte. »Hier: Ewhurst! 7 Meilen westlich von Capel. Los, komm!«

Ohne eine weitere Erklärung abzugeben packte sie Sabina an der Hand und sauste mit ihr die Treppe hinunter.

Denis, Bat und Buck warteten vor der Haustür auf die Mädchen. »Na, ihr Musterschülerinnen«, flachste Denis, »habt ihr auch schön ...«

Betty unterbrach ihn: »Du mußt allein nach Hause fahren, Denis. Ihr auch. Buck und ich fahren nach Ewhurst.«

»Nach Ewhurst?« riefen Denis, Bat und Buck wie aus einem Munde und machten dabei alle drei das gleiche verdatterte Gesicht.

»Irgendwas ist mit Benny passiert. Hier!« Betty reichte den Freunden den Notizzettel, auf dem sie die durchgedrückten Schriftzüge von Onkel Mac sichtbar gemacht hatte.

»Könnte das nicht doch einer von Bennys Späßen sein?« fragte Sabina vorsichtig.

Betty war sich sicher: Ein Spaß war das auf keinen Fall. »Das würde Benny nie machen. Ich meine, Onkel Mac ins Spiel bringen. Wir sind schon in ein paar echt bedrohlichen Situationen gewesen. Er ist immer der letzte, der Onkel Mac zu Hilfe holen will. Nein, die Sache ist ernst. Todernst.«

»Ja, aber dann ... dann ruf doch schnell deinen Onkel an, daß er ...«

»Zwecklos«, mischte sich Buck ein. »Wenn der mal glaubt, wir nehmen ihn hoch, und wenn er dann auch noch auf Hundertachtzig ist, kannst du ihm sagen, eins und eins ist zwei, und er glaubt es nicht!«

Betty hüpfte ungeduldig von einem Bein aufs andere. »Nun red nicht, Buck! Komm!«

»Wieso nur Buck?« protestierte Bat. »Wenn Benny echt in Gefahr ist, bin ich auch dabei!«

»Ich auch!« rief Denis. Und Sabina drängte: »Worauf wartet ihr noch! Am besten, wir nehmen ein Taxi. Wenn wir zusammenlegen, reicht es vielleicht!«

»Aber... aber... müßt ihr denn nicht nach Hause«, stotterte Betty. Vor lauter Rührung über den unerwarteten Beistand kamen ihr beinah die Tränen.

Doch die drei hörten sie schon nicht mehr. Sie standen am Straßenrand und brüllten aus Leibeskräften: »Taxi! Taxi!«

Sie hatten Glück: Bereits nach einer knappen Minute scherte ein klappriger alter Funkwagen aus dem Verkehrsstrom aus und hielt exakt vor der Haustür mit der Aufschrift SUMMERSTICK/MACINTOSH/BUFF.

Während Betty, Sabina, Bat und Denis in den Wagen sprangen, blieb Buck einen Augenblick unschlüssig auf dem Bürgersteig stehen. Dann rief er: »Sekunde! Wartet auf mich!«, drehte sich um, schloß die Haustür auf, rannte in den ersten Stock und kam 30 Sekunden später mit Lord Jickledy wieder zurück.

Granny freute sich. Wenn die Kinder den Papageien freiwillig mitnahmen, waren sie nicht auf Abenteuer aus.

Sie freute sich zu früh. Denn als Buck die Wagentür hinter sich zugezogen hatte, teilte er den anderen strahlend mit: »Ich hab 'ne Idee...«

Zirkusnummer und Krankenwagen

In Ewhurst angelangt, konnten die fünf gerade eben genug Geld zusammenkratzen, um das Taxi zu bezahlen. Wie sie wieder zurückkommen sollten, stand noch in den Sternen. Aber das war nicht so wichtig. Jedenfalls im Moment nicht. Erst einmal kam es darauf an, Alice und Benny zu befreien.

Der einzige Anhaltspunkt war der Arzt, dessen Namen und Telefonnummer Onkel Mac auf dem Notizblock vermerkt hatte. Buck sollte ihn anrufen. Ihm würde schon was einfallen.

Buck fiel etwas ein. »Wir wollen unseren Bruder Benny abholen, bevor er noch mehr Unsinn verzapft«, log er in die Sprechmuschel. »Unser Onkel ist auf Hundertachtzig.« – Das stimmte. – »Er reißt Benny den Kopf ab, wenn er noch irgend jemanden seinetwegen anruft.« – Das stimmte nur halb. – »Können Sie uns helfen? Wir wissen nämlich nicht, wo er steckt.« – Das stimmte voll und ganz.

Dr. Jellings schöpfte keinerlei Verdacht. Ja, er könne ihnen helfen. Er habe zwar Benny nicht gesehen, aber wie er die Sache inzwischen verstehe, sei der Junge doch wohl auch im Landhaus bei dem netten Mr. Abolfood aus London, dessen Onkel, Mr. Cox, ein wenig wirr im Kopf zu sein scheine.

»Wo ist denn das Landhaus?« fragte Buck und erhielt prompt eine brauchbare Wegbeschreibung. Er bedankte sich brav für die Auskunft, stürmte aus der Zelle und rannte auch schon los. »Hier, links rum! Da hinten am Waldrand muß es sein. Ein alleinstehendes Backsteinhaus. Nicht zu übersehen.«

Lord Jickledy flatterte aufgeregt zwischen den Kindern

hin und her und kreischte in den höchsten Tönen »Action! Action! Scotland Yard!«

»Scht!« zischte Betty. »Willst du uns verraten?!«

Kurz bevor sie die Auffahrt erreichten, hielten die Kinder noch einmal an und sprachen Bucks Plan ein letztes Mal durch.

»Alles klar?« fragte Betty ihre Verbündeten. Sie nickten. Dann sah sie Sabina, Denis und Bat an und sagte ganz leise und mit einem Unterton, der Sabina frösteln ließ: »Und denkt dran: Das ist kein Spiel! Wenn es irgendwie brenzlig wird, nix wie weg. Wenn sie euch auch noch schnappen, damit ist Alice und Benny am wenigsten geholfen. Und...« Sie machte eine Pause und blickte zu Boden. »Und ich finde es super, daß ihr das für uns tut. Buck und ich würden ja selbst an die Tür gehen, aber wir sehen Benny nun mal so ähnlich, daß die Gangster uns...«

»Schon gut«, flüsterte Sabina und legte ihrer Freundin den Arm auf die Schulter. Ihr würdet das ja auch für uns tun.«

»Hals und Beinbruch!« flüsterte Buck.

Die drei Freunde nickten noch einmal, dann stiefelten sie los. Lord Jickledy saß bei Bat auf der Schulter.

Betty und Buck versteckten sich hinter der Hecke links von der Einfahrt und warteten mit klopfendem Herzen, was weiter geschehen würde.

Sabina zog an dem altmodischen Klingelring. Nichts. Sie zog noch einmal.

Endlich näherten sich Schritte. Die Tür wurde aufgeschlossen, und ein etwa 30jähriger Mann streckte seinen braunen Lockenkopf durch den Türspalt und zischte nicht gerade einladend: »Was wollt ihr?«

Lord Jickledy konnte es noch besser. Wie ein heiseres Echo fauchte er zurück: »Wollt ihr? Wollt ihr?«

Doch den Lockenkopf schien diese außergewöhnliche sprachliche Leistung nicht im geringsten zu beeindrukken. Er zischte noch einmal: »Also, was soll der Zirkus?«

Zirkus? Das war Bats Stichwort. Er sprudelte los, als wollte er dem unfreundlichen Zeitgenossen Schnürsenkel als Klettertaue verkaufen: »Wir sind vom Zirkus Pappigappi. Wissen Sie, dieser kleine Wanderzirkus, der für seine Papageien-Nummern berühmt ist. Wir sammeln für den Winter. Unser Direktor sagt nämlich immer: Der nächste Winter kommt bestimmt. Und deshalb...«

»Schon gut«, knurrte der Lockenkopf und kramte eine Pfund-Note aus der Hosentasche. »Hier. Und jetzt macht, daß ihr wegkommt.«

»Selber weg – Mac, Mac!« kreischte Lord Jickledy, und Bat beeilte sich zu sagen: »Nein, nein, Almosen nehmen wir nicht. Unser Direktor sagt immer: Was ein rechter Artist ist, der zeigt was für sein Geld. Wir würden Ihnen gern – wenn Sie erlauben – unsere Nummer ›Lord Jickledy, der Super-Plapper-Papagei‹ vorführen.«

Der Mann wurde zusehends ärgerlicher. »Unsinn! Nimm das Geld, und dann haut ab, bevor ich's mir anders überlege!«

Bat nahm den Schein, blieb aber stehen und fing von vorn an: »Unser Direktor...«

Das war zuviel. »Euer Direktor kann mich mal!« brüllte der Mann. »Ihr haut jetzt ab, und zwar 'n bißchen plötzlich, sonst mach ich euch Beine!«

Nun kam auch Lord Jickledy in Fahrt. »Feine Beine, Schweinebeine«, jubelte er flügelschlagend und machte dabei einen Wind, daß der Gangster die Augen zukneifen mußte.

Bat bekam vor lauter Angst kaum ein Wort heraus.

Aber tapfer sagte er, was für diesen Fall abgesprochen war: »Ein Pfund ist eine Fünf-Minuten-Papageien-Show wert. Wenn Sie uns nicht reinlassen, geben wir die Vorstellung hier draußen vorm Haus. Kommt!«

»Halt!« zischte der Lockenkopf. »Hier draußen wird keine Show abgezogen! Kommt rein! Fünf Minuten und keine Minute länger!«

Gerade hatte sich die Tür hinter Sabina, Denis, Bat und Lord Jickledy geschlossen, gerade hatte Betty auf die Uhr gesehen – 10 Minuten würden sie warten; wenn die Freunde dann noch im Haus wären, würden sie Onkel Mac anrufen –, da näherte sich auf dem staubigen Feldweg, der vom Dorf zu dem Landhaus hinausführte, in hohem Tempo ein Krankenwagen. Was war das? Hatte der Arzt doch...

Schnell krochen Betty und Buck so tief in die Hecke hinein, wie es eben ging. Dann war der Krankenwagen auch schon da. Zwei Männer in weißen Kitteln blickten mit konzentrierten Mienen durch die Frontscheibe. Der eine war Onkel Mac, der andere sein engster Mitarbeiter, Kriminalassistent Baxter!

Buck verspürte den Drang, dem Wagen nachzurennen. Doch Betty hielt ihn zurück. Es war Mitte Juni und noch taghell. Mit Sicherheit wußte Onkel Mac, daß Benny und Alice in dem Haus waren. Und wenn er mit einer solchen Verkleidung auftauchte, dann hatte er auch einen Plan. Nein, sie durften ihm jetzt nicht in die Quere kommen!

Mit rotierendem Blaulicht hielt der Krankenwagen unmittelbar vor dem Aufgang zum Haus. Onkel Mac und Baxter sprangen heraus, liefen um den Wagen, öffneten die Hecktür, zogen eine Bahre heraus, schlugen die Tür wieder zu, liefen die Stufen zur Haustür hinauf, und Baxter klingelte.

Wieder dauerte es eine Weile, bis sich die Haustür einen Spaltbreit öffnete und der braune Lockenkopf herauslugte. Betty hielt die Luft an: Würden die Banditen Onkel Mac und Baxter ins Haus lassen? Zu dumm, daß sie nicht *ein* Wort von dem verstehen konnten, was die Männer miteinander sprachen!

Die Sekunden verstrichen wie Stunden. Endlich ging die Tür ganz auf, der Lockenkopf zog sich zurück, und die beiden Kriminalbeamten verschwanden im Innern des Landhauses. Betty drückte ihnen unwillkürlich die Daumen. Würde es klappen? Würden sie Benny und Alice befreien können?

Noch bevor sich Betty und Buck ausmalen konnten, was alles passieren mochte und wie sie sich dann verhalten würden, erschien zum dritten Mal der Lockenkopf im Türspalt, lugte nach rechts, lugte nach links, bekam Schultern, Arme und Beine und schlich schließlich, als wäre die Treppe vor der Haustür mit rohen Eiern gepflastert, einen Fuß vor den anderen setzend hinab. Auf der letzten Stufe blickte er sich noch einmal vorsichtig um und stürmte schließlich in langen Sätzen auf den Krankenwagen los, riß die Fahrertür auf, schwang sich hinters Steuer, startete, wendete mit quietschenden Reifen und schoß auf die Ausfahrt zu.

Das alles war so schnell gegangen, daß Betty und Buck wie gelähmt in ihrem Versteck hockten und der Flucht des Gangsters wie einer Filmszene zusahen, die sich unveränderbar vor ihnen abspulte.

Erst als der Wagen an ihnen vorbeijagte, sprangen sie auf und – glaubten ihren Augen nicht zu trauen: Sie erkannten deutlich die Köpfe von Granny und Judy, die hinter der Rückenlehne des Fahrersitzes auftauchten. Granny schien dem Mann einen länglichen Gegenstand in den Rücken zu bohren und ihm etwas zuzurufen. Betty schrie vor Begeisterung auf: Der Gangster bremste! Er bremste und wendete und fuhr im Schrittempo zum Landhaus zurück, immer noch Grannys Schirm...

»Das Ding ist Grannys Schirm!« schrie Buck. »Er glaubt, es ist'n Gewehr oder so! Sagenhaft! Und Judy knipst das ganze! Kosmisch! Echt kosmisch!«

Kaum hielt der Krankenwagen vor der Eingangstür, da kamen, mit erhobenen Händen, zwei weitere Männer heraus. Hinter ihnen erschien Kriminalassistent Baxter. Er hatte eine Pistole in der Hand. Und dann sprangen Sabina, Bat und Denis ins Freie, und Lord Jickledy flatterte durch die heruntergekurbelte Seitenscheibe in den Krankenwagen und setzte sich, begeistert vor sich hinschnatternd, seiner geliebten Granny auf die Schulter.

Doch wo waren Alice und Benny? Wo war Onkel Mac?

Betty wollte zu Mr. Baxter laufen und ihn fragen. Doch da übertönte mit einem Mal ein scheußlicher greller Schrei, ein wütender, kraftvoller Kampfschrei das aufgeregte Geplapper auf dem Platz vor dem Landhaus. Ein Schrei, der aus dem Nichts zu kommen schien. Oder aus der Hölle, dachte Buck, und ihm kam der Gedanke nicht sehr abwegig vor.

Dann folgte ein langgezogenes, gleichzeitig heiser schepperndes und in den höchsten Tönen gellendes Kichern, das eindeutig aus einem der zugenagelten Kellerfenster drang. Betty lief eine Gänsehaut über den Rükken: Was war das?

Fünf Personen hätten Betty die Antwort auf diese Frage geben können – fünf Personen, die in diesem Augenblick in einem kleinen Kellerraum zusammenstanden: ein Mädchen, ein Junge, zwei Männer – der eine mit den Händen an der Wand, der andere mit einer Smith & Wesson bewaffnet – und ein Greis, der einem Geist ähnlicher sah als einem quicklebendigen, einfallsreichen alten Mann.

Was war geschehen? Während Baxter im Parterre zwei der Bankräuber festnahm und ihm der dritte entwischte, war Onkel Mac in den Keller hinabgestiegen. Er hatte auf Anhieb die richtige Tür erwischt und sie kurz entschlossen aufgestoßen. Doch der Wächter reagierte schnell: Kaum gewahrte er den Kriminalinspektor, fuhr seine Hand auch schon in den Gürtel, wo er seinen Revolver stecken hatte.

Aber er hatte die Rechnung ohne Bertram Crinkelboom gemacht! Mit einem markerschütternden Schrei schnellte der inzwischen wieder in den Keller verlegte alte Mann nach vorn, warf dem überraschten Verbrecher seine Decke über den Kopf und umklammerte laut kichernd seinen Hals.

Onkel Mac war mit zwei Schritten bei dem überrumpelten Bankräuber und nahm ihm die Waffe ab.

Benny stand mit hochrotem Kopf daneben und hielt vorsichtshalber den Mund. Mit Onkel Mac war jetzt bestimmt nicht gut Kirschenessen.

Alice lehnte leichenblaß und mit zitternden Knien an der Wand. »Danke, Mr. Macintosh«, sagte sie so leise, daß niemand es hörte.

Vom Meckermac zum Doofidoofi

Betty und Buck klatschten begeistert Beifall, als Onkel Mac mit dem verhafteten Wächter in der Tür auftauchte und hinter ihm Benny, Alice und – nun wieder mit Perücke und Gebiß – Mr. Crinkelboom auf der Bildfläche erschienen.

Trotzdem blickte Onkel Mac düster drein. Benny hatte wieder einmal mit seinem grenzenlosen Leichtsinn sich selbst und einen anderen in Gefahr gebracht. Daß der *Kriminalinspektor* Macintosh sich über den Fang freute, von dem er ohne Bennys Lastwagentour noch meilenweit entfernt wäre, trat vorerst ganz hinter die Sorgen zurück, die sich *Onkel* Mac Macintosh um seinen Neffen und Alice gemacht hatte. Er würdigte die Kinder keines Blikkes, bat Granny und Judy auszusteigen, um für Baxter und die Bankräuber Platz zu machen, setzte sich ans Steuer des Krankenwagens und rief Granny zu: »Verteilt euch bitte mit den Kindern auf die Wagen der Kollegen!«

»Welche Wagen denn? Und welche Kollegen?« murmelte Granny, während der ungewöhnliche Krankentransport durch die Ausfahrt schoß und mit Blaulicht und Tatü-tata Richtung London davondüste.

Auf ihre Frage sollte sie eine eindrucksvolle Antwort erhalten: Kurz bevor Onkel Mac die Ortschaft Ewhurst erreichte, krochen aus dem nahegelegenen Gehölz drei Streifenwagen der Polizei von Greater London hervor. Einer von ihnen schob sich hinter den Krankenwagen und machte so den Gangstern die Flucht vollends unmöglich. Die anderen beiden fuhren zum Landhaus, wo sie sich mit drei weiteren Streifenwagen und einem echten Krankenwagen trafen, die, eine halbe Meile vom Unterschlupf der Bankräuber entfernt, in nördlicher, westlicher und südlicher Richtung Posten bezogen hatten. Onkel Mac hatte wieder einmal im entscheidenden Augenblick an alles gedacht.

Während die eine Streifenwagenbesatzung die Bewachung des Hauses übernahm und auf die Kollegen von der Spurensicherung wartete, brachten die anderen Beamten die sieben Kinder und drei Erwachsenen auf dem schnellsten Weg nach London zurück.

Mr. Crinkelboom wehrte sich mit Händen und Füßen, in den eigens für ihn bereitgestellten Krankenwagen zu steigen. »Schon seit Jahren hab ich mich nicht mehr so jugendlich frisch gefühlt wie heute abend!« quiekte er und drohte den Rettungssanitätern mit der Faust: »Kommt mir nicht zu nahe, sonst sperr ich euch in den Keller und nehm euch die Perücken ab!«

»Machen Sie, was Sie wollen, aber auf Ihre Verantwortung«, knurrte der ältere der beiden Sanitäter und winkte seinem Kollegen zu: »Komm, Jonny, dem Mann ist nicht zu helfen!«

Da sich die Eltern der Geburtstagsgäste womöglich schon Sorgen machten, setzten die Polizisten Alice, Sabina, Denis und Bat nacheinander zu Hause ab. Granny sprach noch ein paar Worte mit den erschrockenen Müttern und Vätern und erklärte ihnen, was geschehen war. Alices Eltern bereitete sie darauf vor, daß in den nächsten Tagen ein Beamter von Scotland Yard vorbeischauen würde, um mit ihrer Tochter zu sprechen. Und sie empfahl ihnen, vorsichtshalber doch noch den Hausarzt zu holen: Mit den Folgen eines Schocks sei nicht zu spaßen.

Bei all diesen Gesprächen wirkte Granny ausgesprochen besonnen und ruhig. Sie war schließlich einiges gewöhnt.

Als die beiden letzten Streifenwagen endlich in der Craven Road hielten, war es schon dunkel. Wie auf Kommando stürmten Betty, Benny und Buck, ja, selbst Granny und Judy die Treppe hinauf, fielen sich um den Hals und tanzten in Grannys enger Küche einen echten Freudentanz. Mit unglaublichem Jubel entluden sich all die aufgestauten Hoffnungen der vergangenen Stunden. Die Anspannung fiel nicht, nein, sie platzte von ihnen ab wie eine verkrustete Schale aus Angstschweiß, Sorge und schlechtem Gewissen.

Und mitten in dieses Freudenfest hinein platzte Onkel Mac! Er lugte mit einer tiefen Kummerfalte auf der Stirn um die Ecke und schüttelte mißmutig den Kopf. Aber nur drei Sekunden lag! Dann hatte Granny ihn schon gepackt und hineingezogen in den übermütigen Jubeltanz. Der arme Onkel konnte sich nicht wehren, aber schließlich war auch er froh darüber, daß sie alle wieder unversehrt beisammen waren.

Fünf Minuten später stolperte die ganze Gesellschaft kichernd ins Wohnzimmer und ließ sich in die Sessel fallen. Judy wurde als erste wieder ernst und kam zur Sache. Kein Wunder, sie mußte noch vor Redaktionsschluß ihren Exklusivbericht von der sensationellen Aufklärung des Bankraubs und Geiseldramas in der George Street für das Morgenblatt abliefern! Von der ungewohnten tänzerischen Anstrengung immer noch schwer atmend, zückte sie ihr Notizheft und stellte Onkel Mac jene beiden Fragen, die auch die Kinder brennend interessierten:

»Wieso hast du plötzlich geglaubt, was der Doktor dir am Telefon erzählt hat? Und: Wo ist die Beute?«

Der Kriminalinspektor lehnte sich genüßlich zurück und grunzte lächelnd: »Soso, zu guter Letzt seid ihr also doch immer noch auf Mac Macintosh angewiesen.«

»Bitte, Mac«, drängte Judy, »mach jetzt keine Sprüche! In einer knappen Stunde muß der Artikel fertig sein!«

Onkel Mac ließ sich nicht aus der Ruhe bringen. »Was heißt hier Sprüche?« beharrte er. »Braucht ihr mich nun, oder braucht ihr mich nicht?

»Natürlich«, beeilte sich Judy zu sagen, und süßsauer lächelnd fügte sie hinzu: »Wir brauchen dich wie ein Fisch die Luft zum Atmen. Zufrieden?«

Onkel Mac lachte. »Fast, Judy, fast. Also gut, ich will dich nicht länger auf die Folter spannen. Die erste Frage läßt sich ebenso schnell beantworten wie die zweite: Baxter kam es so vor, als hätte er einen der Fingerabdrücke, die die Laborleute an der Hecktür des Lastwagens entdeckt hatten, schon mal gesehen. Aber nicht in unserer Kartei, da war er sich sicher. Um es kurz zu machen: Ich bewahre den Abdruck, an den Baxter sich erinnerte, zusammen mit zwei anderen Abdrücken in meiner Schreibtischschublade auf. Sozusagen anstelle eines Familienfotos.«

»Die Abdrücke, die du von unseren Zeigefingern gemacht hast, als wir dich vorigen Sommer im Yard besucht haben?« rief Betty dazwischen.

»Genau die. Und unter dem, der mit dem Abdruck aus dem Laster identisch war, stand fein säuberlich das Wort BENNY.«

»Und das Geld?« fragte Judy, die in einem wahnwitzigen Krickelkrackel Onkel Macs Worte mitstenografiert hatte.

»Das Geld haben die Herrschaften ganz einfach auf den Misthaufen geworfen.«

Judy hörte auf zu schreiben. »Wie bitte? Willst du mich auf den Arm nehmen?«

Onkel Mac grinste von einem Ohr zum anderen. »›Geworfen‹ ist vielleicht ein bißchen ungenau ausgedrückt. Sie haben die Geldsäcke in Plastiktüten gesteckt, die Tüten fein säuberlich mit Klebeband verschlossen, seitlich – zum Haus hin – zwei Löcher in den Misthaufen gegraben, die Plastikpakete hineingestopft und das ganze mit Gartenabfällen verkleidet.«

Onkel Mac hielt bei den letzten Worten die Stimme gehoben und machte eine Kunstpause, als komme das wichtigste noch. Als ihn alle neugierig ansahen, sprach er endlich – jedes Wort betonend – mit ernster Miene weiter: »Aber so was ist für unsere Spezialisten natürlich kein Problem. Ganz im Gegensatz zu gewissen Hobbydetektiven. Ich denke da an Leute, die ihre Nasen mit Vorliebe in Angelegenheiten stecken, die sie nichts angehen. Solche ausgesprochenen Laien würden wahrscheinlich noch im Sommer des Jahres 2000 nach der verschwundenen Million suchen.«

Die Anspielung auf die Drillinge interessierte Judy nicht im geringsten. »Eine Million?« fragte sie im Hinausgehen. »War das nur so dahin gesagt oder stimmt das.«

»Fast auf den Penny genau 984.300 Pfund«, rief Onkel Mac ihr nach, während Judy treppab laufend die Zahl notierte und für diesen Tag aus der Craven Road entschwand.

Betty, Benny und Buck wollten die verunglimpfende Hobbydetektiv-Bemerkung jedoch nicht so ohne weiteres auf sich sitzen lassen. Fieberhaft überlegten sie, wie sie Onkel Mac diesen Seitenhieb heimzahlen konnten. Als erstem fiel Buck etwas ein.

»Lieber ein Hobbydetektiv als ein Meckerprofi«, rief er und blickte seinen Onkel so trotzig an, als gelte es, einem Schwerverbrecher die Stirn zu bieten.

Doch Onkel Mac lachte nur. Und als er schließlich Luft holte, um nach dem Seitenhieb einen Frontalangriff zu starten, stand Lord Jickledy den Kindern bei. So laut, daß dem Inspektor die Luft wegblieb, kreischte er: »Meckermac! Meckermac! Profiprofi! Doofidoofi!«

Onkel Mac gab sich geschlagen. Dem vorlautesten aller Papageien fühlte selbst er sich nicht gewachsen.

In der Serie »Scotland Yard« sind als weitere Bände erschienen:

Die Stimme aus dem Untergrund
Die Kanonenvilla
Reis für Manila
Die Außerirdischen

CIP-Titelaufnahme der Deutschen Bibliothek

Pauls, Wolfgang:
Scotland Yard / erzählt von Wolfgang Pauls. –
Ravensburg: Maier.
Bd. 5. Tote Ratten im Kanal: zwei Detektivgeschichten
mit Betty, Benny und Buck Buff. – 1990
ISBN 3-473-34614-4

Umschlagillustration: Karin Lechler

Gesamtherstellung: Mohndruck, Gütersloh
Printed in Germany

5 4 3 2 1 94 93 92 91 90

ISBN 3-473-34614-4